CORUJA, QORPO-SANTO & JACARÉ
30 perfis heterodoxos

LUÍS AUGUSTO FISCHER

CORUJA, QORPO-SANTO & JACARÉ

30 perfis heterodoxos

L&PM EDITORES

Texto de acordo com a nova ortografia.

Capa: Ivan Pinheiro Machado
Revisão: L&PM Editores

CIP-Brasil. Catalogação na fonte
Sindicato Nacional dos Editores de Livros, RJ

F562c

Fischer, Luís Augusto, 1958-
    Coruja, Qorpo-Santo & Jacaré: 30 perfis heterodoxos / Luís Augusto Fischer. – [1. ed.] – Porto Alegre, RS : L&PM, 2013.
    192 p. ; 21 cm.

    ISBN 978-85-254-3049-6

    1. Crônica brasileira. I. Título.

13-05741   CDD: 869.98
                    CDU: 821.134.3(81)-8

© Luís Augusto Fischer, 2013

Todos os direitos desta edição reservados a L&PM Editores
Rua Comendador Coruja, 314, loja 9 – Floresta – 90220-180
Porto Alegre – RS – Brasil / Fone: 51.3225.5777

Pedidos & Depto. comercial: vendas@lpm.com.br
Fale conosco: info@lpm.com.br
www.lpm.com.br

Impresso no Brasil
Primavera de 2013

Sumário

APRESENTAÇÃO 7
PRIMEIRO EM TANTA COISA – Antônio Álvares Pereira Coruja 11
MALUCO PROVINCIAL, INVENTOR DE TALENTO – José Joaquim de Campos Leão, o Qorpo-Santo 22
COM SAUDADE DO JACA – Luiz Sérgio Metz 38
UMAS DO ANÍBAL – Aníbal Damasceno Ferreira 47
CORDIAL E BATALHADOR, FRATERNO E INVENTIVO – Moacyr Scliar ... 52
O HOMEM QUE INVENTOU ZUMBI – Décio Freitas 56
O VALOR DA MEMÓRIA – Carlos Reverbel 62
O PATRIMÔNIO HISTÓRICO E UM LARANJA INESPERADO – Augusto Meyer 67
A MEMÓRIA DE OUTRO MODERNISMO – Theodemiro Tostes 73
HERDEIRO E INVENTOR – Caio Fernando Abreu 80
SEM ENCONTRAR O LEITOR – Paulo Hecker Filho 87
UM INTELECTUAL PÚBLICO E REPUBLICANO – Raymundo Faoro 92
GRAMÁTICO, LINGUISTA, PROFESSOR – Celso Pedro Luft 97
O RETRATO – Oliveira Silveira 101
FALTEI AO ENCONTRO – Aparício Silva Rillo 103
A MORTE DE UM MISSIONÁRIO – Luiz Carlos Barbosa Lessa 105
IMIGRAÇÃO ALEMÃ E INTEGRAÇÃO SOCIAL – Clodomir Vianna Moog 109
ERICO VERISSIMO E A POLÍTICA – Erico Verissimo 117
LOUCO E MAL COMPREENDIDO – Dyonélio Machado 121
"O SENHOR CONHECE JOÃO PINTO DA SILVA?" – Guilhermino César 129
UM PROFESSOR NA HISTÓRIA – Joaquim Felizardo 132
UM PAYADOR INSUBMISSO – Jaime Caetano Braun 136

O último poeta maior morreu – João Cabral de Melo Neto 139
Um libertário paradoxal – Gilberto Freyre 144
Reacionário mas autocrítico – Nelson Rodrigues 158
Ressentido e talentoso – Lima Barreto 165
Um incômodo – Roberto Arlt 173
Cada vez melhor – Jorge Luis Borges..176
Duzentos anos – Edgar Allan Poe 181
O dia ideal para o homem-narrador – Jerome David
    Salinger 186

Apresentação

Juntei aqui textos sobre escritores, intelectuais, professores que aprecio. Com vários deles pude ter em vida alguma relação sólida, para mim sempre proveitosa. São em geral textos que vim escrevendo ao longo do tempo, que aqui aparecem revistos, de vez em quando fundidos, reescritos, combinados. Originalmente, saíram na imprensa: a extinta *Bravo!*, a *Aplauso*, a *Superinteressante*, a *Brasileiros*, o jornal *Rascunho*, de Curitiba, a *Folha de S.Paulo* e a *Zero Hora*; alguns foram concebidos originalmente para figurar como prefácios de livros. Consta do livro apenas gente falecida, e apenas gente que eu li e leio com intensidade e gosto. Meu morto principal, porém, não está aqui: é meu irmão Sérgio Luís Fischer, falecido em 2006, aos 42 anos; dele tive a chance de editar os manuscritos, assim como depoimentos de amigos, no volume *Puro enquanto* (L&PM, 2010).

O título *Coruja, Qorpo-Santo & Jacaré*, bolado há muitos anos, tem para mim uma agradável cara de escalação de um meio de campo de qualidade, e isso não foi das menores motivações para eu conceber o livro. São três apelidos, de três escritores gaúchos, três figuras a que eu retorno sempre, por motivos variados. No conjunto, há muitos escritores gaúchos, em geral menos lidos do que mereciam, ao lado de conterrâneos brasileiros e de uns poucos oriundos de outras bandas.

Não constam aqui pelo menos dois escritores brasileiros que frequento já há décadas: Simões Lopes Neto e Machado de Assis. Também não aparecem aqui estrangeiros de minha afeição, como Franz Kafka. Isso ocorre porque sobre eles tenho publicado estudos monográficos, a que remeto o eventual interessado. De Kafka escrevi uma apresentação de vida, contexto e obra, sumária mas espero que digna, no volume *Franz Kafka: Obras escolhidas*, da L&PM, que reúne parte substantiva de sua obra ficcional.

Dediquei a Simões Lopes Neto muitos anos de estudo, que nunca termina; na L&PM, publiquei uma edição anotada, com extenso estudo introdutório sobre vida e obra, dos *Contos gauchescos* e das *Lendas do Sul*. Tive também a grande honra de ser o responsável pelo preparo editorial de dois livros até então inéditos do grande escritor gaúcho: o volume *Terra gaúcha – Histórias de infância* e a cartilha escolar *Artinha de leitura*, volumes ambos publicados pela editora Belas Letras.

De Machado com muito orgulho coordenei, também para a L&PM, a edição comentada de todos os seus romances, incluindo o menos conhecido volume chamado *Casa velha*; na abertura de cada exemplar o leitor encontrará um sumário de vida, obra e contexto, por mim elaborados. O mesmo Machado de Assis, ao lado do portenho Jorge Luis Borges, está no centro de um longo estudo que publiquei, pela editora Arquipélago, chamado *Machado e Borges*.

A ordem dos perfis começou com o trio do título, como não poderia deixar de ser. Depois, fui tentando armar pontes entre um e outro, às vezes por pertencerem à mesma geração, noutras por praticarem o mesmo gênero literário, mas também segundo afinidades mais sutis, que o leitor poderá descobrir. E tudo termina com um preito de gratidão a J. D. Salinger, escritor a quem devo muitos momentos de intensa felicidade.

Este livro nasceu para marcar a circunstância de ter eu sido escolhido para a honrosa condição de patrono da

59ª Feira do Livro de Porto Alegre. Para quem é sulino, não é preciso explicar o tamanho da honra; para quem não é, vale dizer que se trata da mais antiga feira de livro a céu aberto de todas as Américas, um ponto de referência para a vida literária do estado gaúcho, uma marca que a cidade carrega com grande orgulho.

O livro é dedicado à Dodó e ao Benjamim, meus filhos, e à Julia, minha companheira de vida.

Porto Alegre, novembro de 2013.

Primeiro em tanta coisa

Antônio Álvares Pereira Coruja
(Porto Alegre, RS, 1806 – Rio de Janeiro, RJ, 1889)

Primeiro depositante na Caixa Econômica Federal, primeiro brasileiro a escrever uma gramática para ensino – e com o topete nacionalista de chamá-la *Compêndio de gramática da língua nacional*, não *Portuguesa* –, primeiro dialetologista do Brasil (*Coleção de vocábulos e frases usados na Província de São Pedro do Rio Grande do Sul*, naturalmente sua terra natal), primeiro historiador gaúcho, certamente um dos primeiros professores redatores de livros didáticos no país, com um olho no ensino e outro no mercado, pioneiro no uso do método Lancaster de "ensino mútuo". Não é pouco para uma mesma vida.

Especialmente para um sujeito nascido em humildes condições, numa cidade ainda aldeã de uma colônia portuguesa. Antônio Álvares Pereira – o "Coruja" entra mais tarde nesta história – nasceu em 30 de agosto de 1806, em Porto Alegre, aglomeração de poucas décadas de vida e umas 5 mil almas. Era o tempo do Brasil colônia, era sua província mais meridional, aquela que sustentava a fronteira com o império espanhol, e era a acanhada capital da província, pouco mais que um punhado de ruas, alguma administração e certa presença militar.

Seus modestos pais, Pedro José Álvares de Souza Guimarães e Felícia Maria da Silva, imaginavam para o filho a carreira eclesiástica, daí o esforço para que o menino tivesse boas letras, primeiro com certa Maria Josefa, dada como poetisa, e depois com um Antônio D'Ávila, popularmente conhecido como Amansa-Burros. Aprendeu a ajudar missa com o padre Sanhudo. A seguir, a partir de 1816, cursa Latim com o padre Tomé Luís de Souza, de quem será sacristão e que parece ter descoberto no aluno a vocação para o magistério; depois ainda, a partir de 1821, vai estudar o que na época se chamava Filosofia Moral e Racional (misto de filosofia, teologia e alguma matemática) com outro padre, João de Santa Bárbara. É certo que também aprendeu o Francês e estudou Canto na mesma altura, com colegas mais adiantados e mais velhos da aula de Latim.

De seus colegas de classe, um alcançaria nomeada no país: tratava-se de certo órfão vocacionado para a pintura, de batismo chamado Manoel José D'Araújo, que quando saiu de Porto Alegre para estudar na Corte mudou seu nome para Manoel de Araújo Pitangueira, por influência de um político local, extremado de nacionalismo antilusitano, como aconteceu muito no momento da Independência. No Rio, as cartas de recomendação que levou não significaram nada, o que levou nosso Manoel, já agora Pitangueira, a procurar a proteção do senador Soledade, gaúcho também, que o acolheu; ocorre que o senador era opositor daquele Pitangueira, e tal foi motivo bastante para nosso Manoel abandonar o sobrenome de árvore e passar a assinar com o nome pelo qual ficaria conhecido no futuro, Manoel de Araújo Porto Alegre, poeta, caricaturista de mão cheia e principalmente pintor, que seria agraciado pelo Imperador com o título de Barão de Santo Ângelo, santo que dava nome não à cidade mas à ruazinha em que nascera, em Rio Pardo.

Isso e muito mais conta o próprio Antônio, em uma série de reminiscências saborosas que ele chamou *Antigualhas*, misto de crônica da cidade natal, memórias pessoais e comentários bem-humorados sobre todo assunto. Conta, por exemplo, que na aula do padre Tomé recebeu o apelido que ele mesmo agregaria a seu nome, oficialmente, com o correr dos anos. O caso é que seus pais, para a ocasião da entrada de Antônio na prestigiosa aula de Latim do padre, haviam mandado fazer-lhe uma roupa de pano simples, "cor de pele do diabo ou cor de burro quando foge"; entra o menino na sala, e um colega mais velho (partilhavam da mesma sala vários estágios de aprendizado) diz, em voz alta: "Olhem, parece mesmo uma coruja". Antônio era narigudo e feio.

A carreira eclesiástica não prosperou, e já antes dos vinte anos vamos encontrá-lo professor primário particular em sua cidade. Espírito curioso, solicitou ao governo provincial uma espécie de bolsa de estudos para ir ao Rio de Janeiro aprender a grande novidade pedagógica da época, o Método Lancaster. É atendido, passa dez meses na Corte e nos começos de 1827 volta à sua cidade para abrir uma escola de primeiras letras regulada pelas ideias de Joseph Lancaster, pedagogo inglês (1778-1838) que desenvolveu um sistema de ensino massivo de grande interesse para países ou populações pobres (o grande líder latino-americano Simón Bolívar o convidou a ir à Venezuela, em 1825, onde Lancaster treinou vários professores).

Trata-se de um método segundo o qual um mesmo professor atende a várias dezenas de alunos, dispostos em filas, cada uma das quais encabeçada por uma espécie de monitor, que repassa os exercícios com os demais alunos daquele grupo. Assim é que um mesmo professor pode dar conta de várias e distintas etapas de aprendizado – naturalmente com alguma superficialidade, muita memorização, pouca criatividade, e sempre sob severa disciplina. A vantagem grande é apenas uma: oferecer um mínimo de conhecimento a muitos, simultaneamente. Para dar uma ideia da força do método entre nós, basta dizer que no Rio Grande do Sul, logo nos primeiros anos da República, as orientações deixadas por Coruja décadas antes foram seguidas de perto,

13

dando origem a um dos mais bem sucedidos sistemas de ensino público em nosso país.

    Sua carreira de professor só fazia prosperar – inicia como professor primário e em 31 conquista a cátedra de Latim no ensino público –, e começaram a surgir suas primeiras contribuições escritas. Militou no jornalismo provincial, escreveu sua Gramática e a publicou em 1835, um ano depois de haver sido eleito suplente de deputado estadual. Nesta altura, casa com Catarina Lopes, que havia sido sua aluna e se tornara também professora pública. Em 1834 o casal adota um menino abandonado – "exposto", como se dizia na época, na abominável mas afinal eficiente "roda dos expostos" que havia em toda grande cidade brasileira, junto às Santas Casas –, que será batizado com o nome de Antônio Álvares Pereira Coruja Filho.

    Quem diz 1835 no Rio Grande do Sul está dizendo coisa grave. Como se sabe, é o ano da eclosão do movimento rebelde conhecido como Guerra dos Farrapos, intenso conflito armado que cinde ao meio a província, fundamentalmente em torno de uma única questão, encarada por apenas dois ângulos: o tema era a economia pecuária e o charque, e as duas posições eram, uma, contra o modo como o governo central tratava esta província, e a outra, a segunda, era *radicalmente* contra o modo negligente como o governo central brasileiro tratava os criadores e charqueadores sulinos, que queriam privilégio de colocação de seu produto no mercado nacional, especialmente o Rio de Janeiro produtor de café, mas recebiam um tratamento duro, de vez que o governo abria as portas ao charque uruguaio, produzido de forma mais moderna (incluindo a máquina a vapor) e com resultado mais barato (no vizinho país a mão de obra era assalariada, e não escrava, o que faz toda a diferença numa economia sazonal como é a pecuária); essa posição radical foi à guerra e proclamou a República do Piratini por isso, ao passo que a outra posição era apenas contra, preferiu negociar.

Todo o conflito se desencadeou de uma questão aparentemente menor, a posse de um novo governador, que vinha do centro do país e parecia apenas confirmar a subordinação da província. Daí por que uma parte da Assembleia resolveu postergar a posse. Nessa parte estava Coruja, que não era charqueador nem fazendeiro mas professava fé liberal, nesta altura já como deputado efetivo, e logo depois Primeiro-Secretário da Casa. Sua atuação política, de resto, não é muito clara, salvo por alguns projetos ligados ao mundo de ensino, com definições de diretrizes para escolas públicas e a sugestão do ensino mútuo, em que era versado. Seus conterrâneos pósteros não sabem, mas foi um projeto seu que consagrou a data de 20 de setembro como festa estadual – é a data máxima da identidade gaúcha, cada vez mais celebrada.

Um contemporâneo de Coruja diz que ele "viu-se envolvido" na rebelião, ao passo que outro afirma que nosso professor e gramático era um dos mais engajados oradores e agitadores do momento – é certo que ficou como suplente de deputado na eleição de 34, vindo a assumir titularidade em dezembro de 35. De todo modo, é certo que, tão logo Porto Alegre foi retomada pelos então chamados "imperialistas" ou "caramurus" – os favoráveis ao entendimento com o governo central, opostos aos rebeldes "farroupilhas" –, ele foi preso e permaneceu alguns meses nessa condição.

Tudo sopesado, Coruja resolve mudar-se para o Rio de Janeiro no começo de 1837, para poder viver em paz, que certamente não conseguiria em Porto Alegre, onde seria por muito tempo marcado por aquela opção política. (Uma fonte afirma que a viagem foi determinada à sua revelia.) Na Corte, passará o resto de sua longa vida – viria a falecer apenas em 1889 –, e sempre de maneira operosa. Já em 1839, depois de ser anistiado por decreto e de recobrar a posição de professor público, será sócio fundador do prestigioso Instituto Histórico e Geográfico Brasileiro, assim como ajudará a organizar outras associações, uma delas de vida longuíssima (ainda existe), a Sociedade Rio-Grandense Beneficente e Humanitária. Mais ainda, em 1841 fundará sua própria escola, o Liceu de Minerva, estabelecimento que chega a ter, nos anos seguintes, externato e internato, primeiras letras, preparatórios para todas as academias e universidades existentes e uma aula pública de filosofia, que parece ter tido alguma fama. Produz sua obra didática: sua *Gramática*, de 35, tem várias edições; em 38 publica *Manual dos estudantes de Latim*; em 48 sai a primeira edição de outra obra famosa, o *Compêndio de ortografia da língua nacional*, e em 1850 sai a *Aritmética para meninos*. Todas elas obras de larga circulação. O ano de 1856 marca o apogeu da trajetória ascendente do professor provinciano: publica a *Coleção de vocábulos e frases usados na Província de São Pedro do Rio Grande do Sul*, edição feita em Londres, e transfere seu bem-sucedido colégio a outro professor. Mais de três décadas de docência terminavam aí. Mas sua atividade gregária permaneceria ainda por muito tempo.

Daí por diante, porém, sua vida começa a conhecer tropeços. Três associações em que entra, ligadas ao mundo financeiro, consumirão suas economias, que não deveriam ser poucas. Em 1860 associa-se para fundar a Companhia de Seguros Feliz Lembrança; em 1872, consorcia-se com certo capitalista em empreendimento bancário; e finalmente em 1879, apesar de tudo, funda a Sociedade Glória do Lavradio, instituição bancária também, na qual o velho professor apostou todas as restantes economias. Tudo desanda; a última das falências ocorre em 1880, quando Coruja conta já 74 anos. Aparentemente, foi traído por sua boa-fé, aliada à inexperiência em matéria comercial e bancária, e por amigos inescrupulosos.

Sobrava a família como refúgio, claro. Mas sua esposa vem a falecer precisamente em 1880, encerrando outro ciclo em sua vida. Pelo depoimento de contemporâneos, os dois mantiveram relação de grande companheirismo até o fim. No ano seguinte, já vivendo em casa de seu filho – o professor não ficou com nenhuma propriedade sua após aquelas aventuras mal sucedidas –, faz publicar um conjunto de textos de memórias sobre sua cidade natal, as já mencionadas *Antigualhas*, calorosa declaração de saudades e de amor por seu berço e por seu passado. O filho, graças ao empenho de seus pais adotivos, tinha alcançado uma carreira de relativo sucesso como funcionário público no Rio de Janeiro.

As *Antigualhas* foram editadas nos anos 1880, de forma um tanto desparelha, uma parte inicial sozinha, em folheto, depois outras partes no *Anuário da Província do Rio Grande do Sul*, de Graciano Azambuja. No século XX, houve algumas reedições parciais, até que Sérgio da Costa Franco tomou a peito a organização do material, que resultou num volume único, lançado em 1981, material ao qual se acrescentou mais texto ainda para a edição de 1994, pela Secretaria Municipal de Cultura de Porto Alegre, pelo mesmo e valoroso organizador e anotador.

Mas o que importa mesmo é o valor das *Antigualhas*. Livro de memórias, escritas em forma livre, cronística, por um velho professor, decerto saudoso de sua velha cidade natal, ali temos esclarecimentos preciosos sobre, por exemplo, a origem de tantos nomes de ruas e localidades da cidade – para ficar com um exemplo notável, foi Coruja quem esclareceu que a região conhecida como Alto da Bronze (assim mesmo, "da" Bronze, e não "do") deve seu nome a certa senhora, que tinha o que os antigos chamavam de "vida airada", e que, segundo Coruja, tinha "*não sei quê* de bronze". Assim como esse, são vários os casos de relatos saborosos, apontando para uma velha aldeia que o escritor repassa, com gosto. Como anota Sérgio da Costa Franco, a Porto Alegre em que viveu o jovem Coruja teria, por volta de 1830, uns 12 mil habitantes; mas a Porto Alegre que leu, nos anos 1880, as reminiscências do cronista, teria mais de 40 mil.

A fase de relativa calma na vida do autor, porém, viria a acabar. Em 1888 morre Coruja Filho, mesmo ano em que o pai publica sua última obra destacada, o *Ano Histórico Sul-Rio-Grandense*, coleção de fatos relevantes na história da província sulina organizada em forma de calendário. Chama a atenção a folha de rosto da publicação, feita no Rio pela "Typographia de José Dias de Oliveira, à Rua do Ouvidor, 141": nela consta um rol de obras – livros, mas também folhas pautadas para caligrafia e apostilas de menor elaboração – que são vendidas em três livrarias, cujo endereço é mencionado, e em casa do autor. Mesmo considerando ser relativamente normal, à época, o anúncio de livros e publicações em geral, o aspecto da listagem dá a nítida impressão de urgência, de necessidade. Como se o velho e agora falido professor precisasse muito de algum dinheiro para seus últimos dias.

Dias que serão pavorosos. Após a morte do filho, Coruja não tem, literalmente, onde dormir. Havia entregue tudo aos credores, e para seu infortúnio sobrevivera à esposa e ao filho. Nem as vendas que conseguisse fazer o livrariam da miséria, que o aguardava nos últimos meses de sua impressionante vida. Precisou hospedar-se em repúblicas de estudantes, parece que sendo considerado um estorvo. O mesmo professor que terá tratado generosamente várias gerações de alunos termina seus dias na condição de trambolho, para estudantes que – não é absurdo especular – seriam filhos ou netos de ex-alunos seus. Coruja morre no Rio de Janeiro a 4 de agosto de 1889.

Restou sua memória, estampada em seus livros. A cidade que o viu nascer, numa homenagem a que não falta certa controvérsia, deu o nome de Comendador Coruja a uma rua do bairro Floresta. Homenagem por todos os títulos justificável, é certo, mas segundo alguns o Comendador de fato era o filho (que havia recebido a Comenda da Rosa de Pedro II), e não o pai; o filho, que viveu menos de três anos em Porto Alegre e nunca teve relação com a cidade, e não o velho professor, que foi seu primeiro e amoroso cronista.

***

Quando a Caixa Econômica Federal completou 150 anos, uma campanha publicitária tomou conta de jornais e televisões. O primeiro filme da série mostrou o correntista Machado de Assis, nada menos que o maior escritor do país e talvez da língua portuguesa de todos os tempos. Os publicitários o puseram a passear por ruas do que seria o Rio de Janeiro de seu tempo, garboso, rumo de uma agência da Caixa. O detalhe, que não escapou aos espectadores e leitores letrados, é que o ator era branco, digamos que notoriamente branco, enquanto o homem retratado era filho de um negro com uma branca, era um afro-brasileiro neto de escravos libertos e uma portuguesa imigrada jovem.

Um pequeno escândalo, não por qualquer problema de correção política, mas por fidelidade aos fatos: é sabido e consabido que o escritor manteve relações de grande ambivalência com sua condição mestiça. Machado, para usar uma expressão que não é de seu tempo, nunca "se assumiu" como negro, como afro-descendente. Se isso em nada diminui sua obra, é certo que se trata de fato incontornável, atestado pelos biógrafos, mesmo os chinfrins. Apenas os publicitários acharam que estavam acima do tema: impossível que não tenham lido sobre essa condição (vamos naturalmente supor que leram a biografia, talvez alguma coisa da obra, já que era Machado de Assis a pauta), mas possível para eles ignorarem o problema. Foi tal a grita, que a peça publicitária foi refeita, agora com um ator caracterizado como negro, agora com exagero (basta olhar as imagens que Machado deixou de si, como no excelente álbum *A olhos vistos – Uma iconografia de Machado de Assis*, organizado por Hélio de Seixas Guimarães e Vladimir Sacchetta para o Instituto Moreira Salles, em 2008).

Já o segundo filme apresentou outro personagem. Não se tratava de um novo Machado, mas mais uma vez era um escritor, homem de obra publicada. Desconhecido na generalidade do país, em Porto Alegre tem certo nome, porque nasceu aqui e sua obra memorialística fala da cidade: trata-se de Antônio Álvares Pereira Coruja (1806-1889), figura das mais importantes para a história da Porto Alegre das três primeiras décadas do século XIX.

Nas revistas, o texto vem assim: "Qual banco pode contar a história de seu primeiro cliente? A Caixa pode. Logo que a Caixa abriu suas portas, 4 de novembro de 1861, entrou o primeiro cliente: gaúcho radicado no Rio, Antônio Álvares Pereira era um pioneiro. Criou a primeira gramática do Brasil, o primeiro dicionário de dialetos, abriu a primeira poupança da Caixa. Como tinha o hábito de ficar lendo até tarde da noite, debaixo dos lampiões da rua, ganhou o apelido de Coruja. O primeiro cliente da Caixa tinha mesmo que ser um homem à frente de seu tempo".

O leitor desavisado compra o texto como verdade, mas ele contém uma imprecisão e uma mentira, ou uma forçada de barra, para dizer de modo ameno. Ocorre que Coruja, pioneiro na gramática e na elaboração de um dicionário, não de "dialetos", mas do dialeto gaúcho, não deve seu nome a essa suposta mania, já de si meio esquisita, porque seria muito mais razoável ler à luz de lampião em casa, não na rua. Como é que eu sei e os publicitários poderiam saber da verdade?

Simples: Coruja mesmo contou essa história, em livro publicado mais de uma vez: são as *Antigualhas – Reminiscências de Porto Alegre*, escritas na década de 1880 e cuja mais recente edição é de 1996. Se ele deixou escrita a explicação para seu apelido (depois incorporado ao nome para distinguir-se de um homônimo "de reputação discutida"), não há motivo razoável para que os publicitários o ignorem.

Venha comigo o leitor para a p. 89 da publicação; relatando a aula de Latim do Padre Tomé, na capital gaúcha de 1816, menciona alguns colegas e seus respectivos apelidos, todos oficializados pelo "cabo-regente", o chefe da turma, e então, falando de si em terceira pessoa, diz: "Tinha de entrar para ali um menino de nove anos e meio [...]. Seus pais para a sua estreia tinham-lhe mandado fazer uma casaquita de pano mescla, cor de pele de diabo ou cor de burro quando foge. Ao apresentar-se na aula pela primeira vez com este seu fato [casaco] novo, gritou logo Cândido Batista lá do seu banco da direita: *Olhem, parece mesmo uma coruja.* E como Coruja foi aclamado por toda a assembleia *latinante*: e Coruja ficou, e... *pegou.*" Conclui este capítulo dizendo que esse menino, o Coruja do apelido escolar, é quem assina o texto, A.A.P.Coruja.

Se o próprio autor escreveu a história real de seu nome, então os publicitários escolheram o caminho da fantasia, não é? Mas a peça tem aspecto de relato histórico, e aí ficamos mal. Na piada dos meios jornalísticos, se a lenda é mais interessante que o fato, publique-se a lenda (a origem é o célebre filme *O homem que matou o facínora*, no original *The Man Who Shot Liberty Valance*, 1962); o caso é que do jornalismo, ao menos em tese, é possível cobrar precisão, verdade, respeito aos fatos. Mas e da publicidade?

Maluco provincial, inventor de talento

José Joaquim de Campos Leão, o Qorpo-Santo
(Triunfo, RS, 1829 – Porto Alegre, RS, 1883)

Na literatura brasileira teremos talvez cinco ou seis grandes autores, em escala mundial. E certamente José Joaquim de Campos Leão, autodenominado Qorpo-Santo, não consta da lista. Pode parecer desnecessário começar esta a conversa assim; ocorre que o caso Qorpo-Santo é propício a demasias: escritor maldito, dramaturgo injustiçado, precursor do teatro do absurdo, poeta marginal, paladino da língua brasileira, tudo isso já foi e continua a ser dito sobre ele e sua obra; e tudo isso continua celebrando sua obra mas de certa forma extraviando a coisa, salvo engano grande de minha parte. Estão publicados seu teatro (a primeira vez por Guilhermino César, em 1969, depois em 1980; a mais recente, por Eudinyr Fraga, edição em 2001); uma seleção de sua poesia (por Denise Espírito Santo, 2001); e mesmo uma antologia de textos de outra natureza (com o excelente título *Miscelânea quriosa*, 2003, pela mesma Denise Espírito Santo). Vale dizer ainda que muitos estudos sobre ele foram feitos, alguns ganharam publicação; e sempre que alguma coisa nova aparece, os grandes jornais e revistas do país dão destaque. Tal interesse deve, também ele, ter significações de relevo, tudo compondo o cenário desta espécie de enigma, de que agora nos ocupamos.

Não custa lembrar, para início de conversa: José Joaquim de Campos Leão nasceu em Triunfo, uma vila a uns cem quilômetros de Porto Alegre, em 1829, de família de posses modestas – terá sido um raro caso de classe média urbana num tempo de escravos e senhores e numa província de latifúndios e rala vida citadina. Cresceu e viveu aparentemente em ritmo normal, chegou a prosperar respeitavelmente nos termos burgueses da época – foi comerciante, delegado de polícia, vereador, colaborador de jornais, membro da maçonaria, professor público reconhecido, dono de colégio, etc. –, até que, em dado momento, é acometido por problemas complexos, de difícil diagnóstico, então como hoje. Segundo seus próprios termos, o que ocorreu foi que sua esposa aliou-se a um juiz espertalhão para interditá-lo judicialmente e assim usufruir de seus não poucos bens; segundo seus acusadores, o que aconteceu foi que José Joaquim tinha enlouquecido.

Começa um calvário que não tem fim, até sua morte, em Porto Alegre, em 1883. Entre a década de 1860 e essa data, enfrenta processos formais em que é acusado de incapacidade mental. Vários médicos o examinam, na acanhada capital gaúcha de então e na capital do país, para onde é enviado a certa altura, a fim de obter diagnóstico cientificamente mais avançado. Resultado: no Rio, todos os médicos são unânimes em reconhecer sua sanidade, com o detalhe de observarem que José Joaquim apresenta "um acréscimo de atividade cerebral, que não pode exprimir um estado anormal de intelecto". Nada mais.

Não adianta. De volta à terra natal, é mais uma vez processado e intimado a novos exames. Finalmente, a despeito dos atestados liberatórios assinados por eminentes médicos, é interditado judicialmente. Consegue ainda movimentar-se, é certo, porque se sabe que trabalha em sua gráfica, montada, ao que tudo indica, especificamente para imprimir sua própria produção escrita. Trabalha de modo desordenado, pelo que se depreende do resultado: saem alguns números de uma *Ensiqlopèdia ou Seis mezes de huma enfermidade*, barafunda em forma de pequeno jornal, reunindo aparentemente toda a sua produção anterior, que o autor tenta vender pela cidade. A publicação é um armazém de secos e molhados: tem artigos de fundo clamando pela moralidade pública, poesias de ocasião, reclamações contra indivíduos – até mesmo os entregadores de seu próprio jornal são ameaçados na folha impressa –, receitas para sarar dores de corpo e alma, peças de teatro, poemas estrambóticos, considerações sobre regimes políticos, cantadas em mulheres, comentários sobre notícias do tempo, propostas de ensino, sugestão de reforma ortográfica, gritaria contra o mau estado das calçadas da cidade, tudo vizinhando sem qualquer mediação, sem qualquer serenidade, fruto de um aturdimento de alma visível à primeira leitura.

Vamos a alguns exemplos. Qorpo-Santo parece ter escrito muitas de suas frases filosóficas a partir de sua própria experiência de vida, como se lê nos exemplos abaixo. Pode ser curto o alcance da reflexão, contrariando a vocação da máxima e do provérbio; mas é um esforço para dar validade geral a uma vida particular, numa pequena cidade sul--americana.

* Há homens comparáveis a esponjas: quanto mais os oprimem, apenas os soltam – maior salto dão.
* Quando não tenho dinheiro, gasto mais que quando tenho – porque gasto também crédito.
* Pode-se alguém matar – escrevendo-se sem cessar.

Algumas passagens da *Ensiqlopèdia* são puro *nonsense*, certamente involuntário, mas tudo sempre instigante. Nelas pulsa uma indignação que não encontrou caminho racional de expressão.

* Regula o meu cuspe algumas vezes o peso e valor do dos padres que sempre o engolem por perderem

(dizem eles) cada vez que o lançam – um dedal de sangue ou uma onça de ouro. Assim também somos irmãos quanto aos conselhos, pois sou fácil em dar ótimos que nem sempre ponho em prática!... Extravagância da vida.

* O estudo da geografia terrestre e política relacionou-me com todas as nações do mundo. Considerei pátria – o universo.

* Admira a força espiritual com que algumas belas atraem os homens; pode comparar-se à força magnética com que as cobras fazem saltar sapos em sua boca, e os engolem.

* Quais gafanhotos saltando, voando, pousando, vejo eu pensamentos em cabeças.

Neste breve lembrete biográfico, faltou mencionar um dado central. A partir de certo momento, datado em 1863 pelo autor em nota autobiográfica constante da *Ensiqlopèdia*, José Joaquim se crê tomado de uma condição especial, uma iluminação mística ou algo pelo estilo, o que um contemporâneo cético poderia considerar um surto – a crer em seus depoimentos escritos, tratou-se de um estalo de consciência que o teria convencido da necessidade de nunca mais manter relações com mulheres. (Tudo infrutífero, ou melhor, tudo paradoxal, porque lemos em sua obra um sem-número de menções a mulheres de variado estilo, com certa predileção por moças, bem jovens.) E tal é o motivo pelo qual passa a assinar-se Qorpo-Santo, apelido que incorporou ao nome civil. Quanto à grafia, "qorpo" e "ensiqlopèdia", trata-se de uma das tantas campanhas em que ilusória e ingloriamente se meteu por escrito, neste caso a favor de uma reforma ortográfica que simplificasse o registro da língua portuguesa com base na efetiva pronúncia das palavras.

Essa curiosa – Qorpo-Santo alguma vez grafou quriosa – e sofrida trajetória se dá numa cidade mansamente provinciana, que porém é a capital de uma província beligerante, que passou dez anos entretida em guerra civil, entre 1835 e 45, tendo Porto Alegre sido sitiada pelos insurretos farroupilhas por quase cinco desses anos. O principal de sua obra, o teatro, foi quase todo escrito no ano de 1866, ano em que o Sul trabalhou duramente para atender às exigências da Guerra do Paraguai, na qual o Rio Grande desempenhou papel de quartel-general e fornecedor de cavalos, alimento e homens, elementos esses mais ou menos de mesma hierarquia segundo a lógica da guerra. A capital gaúcha se via comovida por notícias do front, tendo ocorrido mesmo suspensão das funções do Theatro São Pedro, joia provincial inaugurada em 1858, por motivo de consternação geral e luto. Não terá sido pouca coisa.

A Porto Alegre do tempo arrancava para o futuro, embalada na produção tradicional da região (gado, vivo ou morto) mas acrescida decisivamente da economia colonial imigrante dos alemães, que estão estabelecidos no estado desde 1824 e alcançam na altura de 1860, estima-se, uns dez por cento da população da capital. Imponentes prédios públicos são construídos, qualifica-se enormemente o serviço de transporte público, a cidade comercia quantidades impressionantes com várias partes do mundo – é de registrar que estão acreditadas na capital gaúcha não menos que dezoito delegações consulares. Ao mesmo tempo, a cidade conviveu por alguns tormentosos meses com crimes tremendos, que entraram para a história e até hoje respiram na imaginação do povo e dos artistas, os famigerados crimes da rua do Arvoredo, em que teria havido até mesmo antropofagia involuntária, com as "linguiças de carne humana", preparadas por um açougueiro desalmado e vendidas ao incauto público*.

Outro dado que deve ajudar a posicionar as coisas: a atividade e os tormentos de Qorpo-Santo ocorrem ao mesmíssimo tempo, mas sem qualquer diálogo conhecido, com a fascinante e pouco conhecida atividade da Sociedade Partenon Literário. Consideremos que a cidade, na altura dos anos 1860, teria seus 20 ou 25 mil habitantes (a estimativa de dois ilustres estudiosos do tema prefere o primeiro número**), dos quais talvez dez por cento tivessem algum interesse em atividade letrada. Pois bem: em 1868 funda-se aquela agremiação, espécie de academia de letras mas – atenção para os detalhes – de clara definição abolicionista, republicana e democrática: os parceiros e parceiras (sim, havia mulheres envolvidas ativamente, desde o começo) do líder Apolinário Porto Alegre abriram escola noturna para alfabetização de adultos, e uma biblioteca foi oferecida ao público; reuniam-se em festas para arrecadar dinheiro e comprar alforrias, além de editarem uma revista em que circulou praticamente todo escritor disponível num raio de centenas de quilômetros.

Mas não Qorpo-Santo, que permaneceu em seu trilho próprio, singular e, observadas as proporções, incomunicável. Vistas as coisas à distância, é compreensível que não tenha havido diálogo: os associados do Partenon eram em sua

---

* O assunto é, a rigor, cercado de controvérsias. Ver, a propósito, o livro de Décio Freitas *O maior crime da Terra – o açougue humano da rua do Arvoredo: Porto Alegre, 1863-1864* (Porto Alegre: Sulina, 1996), que romanceia a história com grande verve, e *Os crimes da rua do Arvoredo, reprodução do processo judicial em torno ao caso* (Porto Alegre: Arquivo Histórico do Rio Grande do Sul, 1993). Em contraponto com a visão de Décio, ver *A história devorada – no rastro dos crimes da rua do Arvoredo*, de Cláudio Pereira Elmi (Porto Alegre: Escritos, 2004).

** São eles Décio Freitas, historiador, autor do livro antes mencionado, entre outros, e Luiz Antonio de Assis Brasil, romancista, autor de, entre vários outros, uma biografia romanceada de Qorpo-Santo, *Cães da província* (Porto Alegre: Mercado Aberto, 1988; L&PM, 2010).

maioria escritores de temperamento romântico, algo tardios em relação à França e mesmo à capital do país, embora certamente orgânicos em relação às demandas locais, ao passo que a escrita daquele atormentado José Joaquim era, o que dizer?, estranha. Nunca se ocupou de dramatizar ou figurar os temas da busca da identidade, brasileira ou gaúcha, que ocuparam seus conterrâneos.

José Joaquim escreveu, publicou, esforçou-se, mas nada aconteceu. Não foi lido, e o pouco que foi não bastou para render-lhe reconhecimento de alguma relevância. O depoimento de dois contemporâneos converge para o desenho de uma figura esquisita, ao modo dos loucos que povoam as cidades. Em resumo, ele não foi reconhecido como um escritor, em nenhum sentido. Era um alucinado que escrevia.

Passa-se o tempo. Como foi já há tempos diagnosticado por Flávio Aguiar, em seu estudo *Os homens precários**, quando os barulhos do primeiro modernismo foram ouvidos na província sulina, nos anos 1920, houve quem lembrasse, em tom de blague, que, se era *aquilo* a poesia moderna, então Porto Alegre já a conhecia de tempos, havia cinquenta anos: a poesia amalucada de Qorpo-Santo. Mas não era uma mudança de rumos na apreciação de nosso escritor: era mais uma demarcação de diferença entre o modo de ser dos escritores gaúchos e o modo do centro do país, neste caso São Paulo. (Não é o caso de detalhar aqui, mas essa repulsa majoritária dos poetas gaúchos dos anos 1910 e 1920 ao ímpeto modernista pode ser explicada pela gênese totalmente diversa da ideia de modernidade: enquanto em São Paulo, e daí por diante em outras partes do país, o espírito moderno misturou certo fascínio pelo futurismo com repulsa ao parnasianismo, aqui em Porto Alegre, como na generalidade das províncias hispanófonas, a modernidade saiu do ventre do

---

* Porto Alegre: A Nação/DAC SEC, 1975.

simbolismo, sem combate a algum parnasianismo, por sinal raro. Fácil de enunciar, difícil de demonstrar, impossível de enxergar nas páginas de nossa história literária, tão paulistocêntrica e vanguardófila.)

Outra geração inteira faz sua vida, e apenas nos anos de 1950, por iniciativa de um leitor especial, Aníbal Damasceno Ferreira, jornalista e cineasta, Qorpo-Santo é dado a conhecer. Aníbal fica fascinado com o que chama de singularidade de sua escrita; trata então de copiar algumas peças e distribuir pela intelligentzia local. São ao todo dezessete peças de teatro, uma delas incompleta, todas escritas entre janeiro e maio de 1866, numa febre que se percebe à primeira leitura. As peças são curtas, de enredos erráticos, com ênfase nas relações familiares e nas tormentosas figuras femininas; certos personagens mudam de nome ao longo da mesma encenação, sem aviso; as rubricas sugerem enormidades impraticáveis no palco, a exigir recursos inalcançáveis na época; a atitude geral é irreverente, ousada quando aos costumes e à moral da época, numa levada transtornada, amalucada.

Repercussão nula teve a iniciativa de Aníbal: nenhum dos escritores, jornalistas, críticos e pensadores a quem se ofereceu o texto teve qualquer reação relevante, nem para condenar, nem para aplaudir. Mas Aníbal não desiste. Em certo momento, na altura de 1954, apresenta os textos a Guilhermino César, que depois de muita hesitação resolve acolher o esquisito autor em seu repertório de autores sul--rio-grandenses. (História ainda não escrita, de interesse talvez apenas provincial: por que Guilhermino César, leitor avisado, professor universitário, pesquisador de méritos, crítico literário sensível, passou alguns anos sem reconhecer valor algum nas peças de Qorpo-Santo, e bem depois, dadas as evidências de sua qualidade por outros, resolve fazer até uma competente edição anotada e comentada da obra do maldito.

E sempre sem reconhecer os méritos de quem já havia detectado tal qualidade antes.)

Após anos de batalha, Aníbal vê o resultado de seu esforço: Antônio Carlos Sena e mais alguns abnegados conseguem montar algumas de suas peças, que são levadas ao palco em 1966, por pura casualidade justos cem anos após terem sido escritas na mesma cidade. Cem anos. A montagem vai ao Rio, com enormes dificuldades logísticas (o cenário não chegou inteiro), numa viagem também proporcionada por um feliz acaso (houve convite para um Festival de teatro de estudantes). Então, com o *nihil obstat* proporcionado por uma crítica retumbante de Yan Michalski, que assistiu à peça e declarou que era preciso rever toda a história do teatro no Brasil tendo em vista aquela enorme maravilha, Qorpo-Santo ganha estatuto de pequeno gênio incompreendido, porque afinal passava a ser o primeiro precursor mundial do então moderníssimo teatro do absurdo.

Claro que o termo "precursor" merece restrições. A começar do sentido mais trivial: pode alguém ser precursor de algo que aconteceu independentemente do suposto precursor? Pode o teatro do absurdo, o surrealismo, ou o que seja, ter sido anunciado numa remota paragem do Ocidente, sem ter havido conhecimento, divulgação, recepção? Naturalmente trata-se de perguntas descentradas, de nenhum alcance analítico, porque posicionam ingenuamente as coisas do mundo da criação artística numa impossível evolução linear, sem a consideração da dinâmica entre centro e periferia, entre outras dimensões.

É grande a tentação colonizada de tentar inscrever um dos nossos entre os grandes, ainda mais como precursor, a Europa mais uma vez se curvaria ante o Brasil, etc. País colonizado tende a buscar sempre tais compensações em relação aos países centrais, assim como as províncias tendem a fazer em relação ao centro do país. (A província gaúcha tem pelo menos um outro grande exemplo a apresentar: o do padre Landell de Moura, documentadamente o primeiro a fazer funcionar a transmissão sem fio, pelas ondas do ar, antes de Marconi.) Mas não faz sentido, ao menos em termos lineares: precursor tem de produzir eco, ou será para sempre apenas um singular, categoria que, salvo engano, foi postulada desde sempre por Aníbal Damasceno Ferreira (na época mesmo das primeiras montagens, a condição essencial de Aníbal foi defendida de público, com vigor e destemor, por Janer Cristaldo).

Como então considerar o caso de um autor cuja obra tenha singularidade extrema, tão extrema que não encontra antecessores em sua região, em seu país, em sua língua e, para cúmulo, no universo cultural dominante como um todo? Salvo a patologia intelectual que considera os gêneros artísticos, os estilos de época e os produtos estéticos como absolutos e a-históricos, patologia que porém tem muito lugar até na universidade, a obra de Qorpo-Santo deverá ser avaliada no plano das relações sociais em geral, literárias em particular, que puderem ser detectadas e demonstradas.

Denise Espírito Santo sugere o enquadramento da poesia do atormentado José Joaquim na vertente "fora de esquadro" – enquadramento que não enquadra, nem explica, por sinal –, mais ou menos a mesma que deu a poesia de Gregório de Matos, ou os românticos Bernardo Guimarães, Laurindo Rabelo, Sousândrade e algum outro, ou ainda os autores de bestialógicos e de poesia *nonsense*, ou os grotescos e malditos, que encontramos aqui e ali, ao longo do tempo. Em geral de metro simples e vocabulário claro, a poesia de Qorpo-Santo às vezes ganha uma interessante tensão – quando fala de sua experiência, quando aproxima conteúdos que o cotidiano mantém separados, quando toca em limites da compreensão. Exemplo:

À meia-noite
Com lápis rombudo escrevo
Por falta de um canivete
Mas inda assim me diverte
Borrões que a fazer m'atrevo.
Enquanto andar a galope,
Quer como compositor,
Quer como poetador,
Não preciso de envelope.
Eu sou vida
Eu não sou morte.
Esta é a sorte.
É minha lida.

    Ao ler sua obra, corre-se o risco de embicar num terreno pantanoso, o da consciência dos autores a respeito da concepção, da feitura e do alcance de sua obra. É sempre mais prudente evitar o ingresso aí, porque a chance de dizer bobagem aumenta consideravelmente, ao embretar-se a apreciação pelos becos da intenção. Alguém poderá observar então que, no caso de Qorpo-Santo, a coisa se complicaria em segundo grau: interditado em vida por "incapaz de gerir sua pessoa e bens", estaria agora sendo proibido, retrospectivamente, de deliberar sobre suas intenções artísticas?

    Nada disso: José Joaquim, ao que indica a leitura do conjunto de sua obra conhecida, era mesmo uma espécie de maluco brilhante, ou de brilhante maluco, que escreveu e publicou muito mas não foi lido, ou ao menos não encontrou grande recepção; que escapou ao círculo de giz da ideologia estética de sua época e por isso ignorou os mandamentos românticos (por sinal, aquela especulação sobre as intenções do artista, atrás referida, é uma das criações e mesmo das convenções românticas); e que lutou furiosa mas irresolvidamente pela expressão de coisas que ele próprio não saberia formular em termos racionais. Quer dizer: em sentido amplo, nenhuma diferença essencial com o caso de qualquer bom artista, em qualquer época a partir justamente do Romantismo; mas o resultado de sua verve permanece soando, pedra no meio do caminho das simplificações. Tratava-se de um artista realmente interessante, que como cidadão fracassou.

E se é como artista que ele deve ser medido, parece necessário abandonar os pudores de piedade e comiseração, assim como o comprazimento por sua marginalidade, e esquecer o problema de sua falta de lugar nas descrições historiográficas, para tentar vê-lo melhor. (Se a questão for mesmo a de tentar encontrar um lugar para ele no repertório da literatura brasileira, creio que o melhor a fazer é fugir da compreensão linear das coisas, para pensar um momento com Pound: o artista é contemporâneo de seus leitores. Bem compreendida, a frase não colide com a noção sistêmica da historiografia – a confusão entre historicidade e linearidade é forte, mas resistível –, por exemplo segundo a linhagem protagonizada no Brasil por Antonio Candido, à qual me filio; a questão será saber quando e como a obra de Qorpo-Santo entra em circuito e faz sistema, ou, para citar Candido, "faz um pouco de Brasil ao fazer literatura".)

Modesto mas curioso. Quanto menos se espera, numa sequência interminável de versinhos de sintaxe trivial, rima fácil, metro banal e concepção quase infantil, aparece uma pequena bomba como "Não acho a cabeça", pequeno mantra ensandecido:

> Ora pelos olhos,
> Ora pelas vestes,
> Ora pela testa,
> Ora pelos folhos!

Ora pela língua,
Ora pelos lábios,
Ora pelas faces,
Ora pelos raios!
[...]

Ao mesmo tempo, vamos encontrar bons motivos para emparelhar sua poesia com a de Gregório de Matos, menos pela verve satírica e debochada (ou ressentida), mais por seu traço cronístico, de retratista de seu tempo (em "Um menino", por exemplo: "Tem barbicaixo / ao seu chapéu, / nastr'ou fitilho: / tu és – tabaréu!"). Mas tudo quase sempre em forma simples, que denota atrás do poeta um leitor também simples, que aqui cita Casimiro de Abreu e ali arremeda um verso de Camões, e isso é quase todo o universo de referências que nele encontramos; em matéria de autores prediletos, encontraremos três outros, Castilho, o gramático português, Coruja, outro gramático, por sinal comprovinciano de Qorpo-Santo, e finalmente o Marquês de Maricá, autor de máximas triviais que enfeitaram a frase mediana brasileira por décadas. A poesia de nosso autor é isso, com meia dúzia de exceções – uns decassílabos bem tirados, uns poemas confessionais pungentes, algumas cantadas espirituosas.

Quando Aníbal Damasceno Ferreira desenterrou Qorpo-Santo, na virada dos anos de 1950 para os 60, percebeu que se escondesse partes menos nobres da obra poderia ganhar leitores para o infeliz maluco porto-alegrense. Por isso tratou de não mostrar aos potenciais interessados a face machista de José Joaquim, como também seu lado senhorial, que deixou registrado em letra ao atacar o que considerava o "espírito vagabundo" dos negros. Aníbal vivia a época de ascensão do movimento feminista e de hegemonia de esquerda no pensamento universitário e crítico, de maneira que não convinha desperdiçar o conjunto, que tinha coisa boa, com essas banalidades, de resto compreensíveis numa mente perturbada. Hoje porém não devemos repetir a cautela de Aníbal, determinada pela ética das relações públicas. Se Qorpo-Santo apresenta desníveis em sua produção, também isso deve aparecer; se fez teatro surpreendente e poesia trivial, ao menos na maior parte, devemos proceder da mesma maneira. Evitemos as tentativas de canonizar a quem já é, a seu particular modo, santo.

Colocadas as coisas sem anacronismo, o que ele escreveu é suficientemente impressionante para fornecer um depoimento raro, senão único, sobre a vida intelectual do tempo final do Império, por certo que numa província – quem garante que um Qorpo-Santo carioca, amigo de Alencar ou de Machado, e padrinho do jovem irreverente que foi Olavo Bilac, não acabasse assimilado na mais profunda irrelevância, afundado na cadeira alta da primeira sessão da Academia Brasileira de Letras?

Por sinal há uma mitologia disponível a respeito da especulação. Quando José Joaquim esteve internado para exame de sanidade mental na Corte, mencionou conhecer algum médico que ali trabalhava, que teria sido seu aluno em Porto Alegre. Assim também outros indivíduos, então ativos no mundo do Rio de Janeiro, teriam conhecido o velho professor em melhor condição, anos antes. Isso tudo é fato. Mas não é fato, ainda que seja verossímil, que um jovem escritor carioca, interessado na torta geografia da alma humana, tenha entrado em contato com o inteligente louco sulino; também não é fato, mas continua sendo verossímil, que daí tenha nascido um tipo como Simão Bacamarte, quem sabe mesmo um sujeito chamado Quincas Borba. (Mais especulação? Então vejamos uma totalmente descabida, mas charmosa, pelo menos no plano da ficção: um qorpo-santo entrará na história da literatura argentina com o nome de Macedonio

Fernández [1874-1952] ao influenciar diretamente ao jovem Jorge Luis Borges e, décadas depois, a Ricardo Piglia.) Indo um pouco mais longe, e já que falamos de Machado de Assis, chama a atenção, para quem quiser enxergar, uma semelhança entre ele, Joaquim Maria, e nosso José Joaquim. Naturalmente não estamos falando de capacidade criativa, nem de qualidade ficcional, sequer de domínio dos meios expressivos do idioma. Nascido dez anos após o gaúcho, Machado desde jovem percebeu a necessidade de inventar sua interlocução, que não existia ou não funcionava do modo que ele achava correto. Leiam-se seus textos para jornal ao longo do ano de 1859 e se verá que o jovem escritor – marginal por outros motivos, sociais e raciais, e não os provinciais ou os mentais que atormentaram Qorpo-Santo – centrou suas esperanças de evolução da sensibilidade do povo, assim como as esperanças do incremento da democracia, não na ação das elites, mas na capacidade que o jornal e o teatro tinham de divulgar a informação, que o povo simples saberia apreender para estabelecer, veja só, "a sentença de morte de todo o *status quo*, de todos os falsos princípios dominantes"*. Machado disse isso e praticou isso, a sua maneira: usou o jornal e o teatro, este depois abandonado em favor do conto e do romance, mas sempre parecendo demonstrar fidelidade ao princípio que aos 20 anos de idade expressara, um princípio iluminista e humanista, que conta vivamente com a participação do leitor e do espectador.

E Qorpo-Santo? O pobre e incomunicável professor porto-alegrense, que viu ruir sua respeitável trajetória burguesa, poeta por acaso e distração, parece ter empregado todas as forças na busca de comunicação, de interlocução: fez jornal, escreveu para teatro e não apenas ensinou Português,

---

* A citação é de "A reforma pelo jornal"; este e outros textos do mesmo ano parecem esboçar a compreensão do jovem Machado acerca das condições materiais de circulação das ideias, incluindo as artísticas.

senão que chegou a formular uma proposta de reforma ortográfica, em nome da simplificação e, por que não dizer, do incremento da compreensão do texto escrito por parte dos leitores comuns. Tudo isso fez, e no entanto nada disso funcionou: seu jornal não teve grande destaque, seu teatro não foi encenado a não ser cem anos depois de sua morte, sua proposta de reforma ortográfica caiu no vazio absoluto. Mas ele sabia que nestes três níveis estava o caminho. Estava certo, mas por algum motivo errou sempre. Ficou mudo e sem ação até bem pouco tempo.

Com saudade do Jaca

Luiz Sérgio Metz
(Santo Ângelo, RS, 1952 – Porto Alegre, RS, 1996)

O rosto do Luiz Sérgio Metz, apelidado de Jacaré ou Jaca, costumava ser o retrato de sua alma. Alegre na hora certa, grave também, preocupado, esquivo, querido. E foi no rosto que se estampou a doença: uma cara reconcentrada, com um redemoinho de rugas convulsas bem no meio dos olhos. Mas é preciso lembrar do Jaca sua fulgurância. No cumprimento acompanhado de um estalo de dedos, que ele alegava ser originário do Mississippi; na fala rouca e sempre inteligente, que nos punha em alerta para o mais e o melhor; no gingado inconfundível de seus passos pela rua afora – em tudo estampava um jeito generoso, vivo, esperto.

Trabalhei por toda uma gestão (entre 1993 e 1996) na Secretaria Municipal de Cultura, de Porto Alegre, sob o prefeito Tarso Genro; em quase dois desses anos trabalhamos de fato lado a lado, vizinhando, o Jacaré e eu – até sua morte, em meados de 1996. Era uma presença inconfundível, no trato com todos, no trato de qualquer questão. Ganhou de nós o título raro na vida política como na vida em geral de Guardião da Delicadeza. Quem saberá, daqui por diante, alertar-nos para a necessidade de manter a delicadeza em meio à truculência da vida, de evitar a demonização dos eventuais adversários, de conservar e prestigiar o critério amplo da vida? Quem de nós saberá, como observou uma amiga muito próxima, dignificar tanto a seu interlocutor, qualquer que fosse, que seja?

De minha parte, vou reter isso e mais o senso de humor inigualável. Ele inventou o "Piquete do Á-há-há", termo para designar as atividades de representação algo formais, em que o sujeito vai lá no lugar, saúda o pessoal, faz um á-há-há e vai embora. Inventou a cerimônia imaginária da Troca da Garrafa Térmica (com água para o mate), marcado para as 4 em ponto da tarde, símile muito nosso para a Troca da Guarda inglesa. Ele inventou o ícone também imaginário em homenagem ao Memorando-Mãe, fonte inesgotável da burocracia.

Quando nos conhecemos, lá por 1990, ele me disse: "De alemão eu só conheço uma frase –*Vaisfunder, vagabunder!*" Dali por diante passamos a nos saudar assim, reciprocamente: "E aí, Vaisfunder?" O Jaca era um dos legítimos representantes da arte oral, tão rarefeita hoje. Ele foi um inigualável ouvinte (e o que queremos mais na vida do que um ouvinte atento e solidário?) e um extraordinário prosador, na mais pura tradição do contador de causos que o Sul conhece, que o interior conhece, com aquele ritmo peculiar, sestroso, que lida antes de mais nada com a expectativa do interlocutor, para só depois relatar a história, com verve e humor sutil.

Pois foi com todos esses elementos, somados à inquietação intelectual, que o Jaca alcançou uma síntese inédita, matriz de sua obra maior, o maravilhoso *Assim na terra*, uma das dez mais importantes obras de ficção do Rio Grande do Sul de todos os tempos e certamente uma das dez melhores coisas escritas no país naquela década, romance cuja redação tive a felicidade de acompanhar de perto, da gênese à edição. *Assim na terra* talvez ainda demore para "acontecer" no cenário das letras nacionais – mas agora, em 2013, com uma muito digna reedição pela Cosac Naify –, o que deve ser compreendido como uma deficiência das letras nacionais, ainda tão submissas aos influxos da moda, ainda tão míopes ao valor nativo desprovido de carimbo da alfândega acadêmica.

O que tem *Assim na terra* de tão notável? Para começar, é perfeito na linguagem, uma trama entre os fios puros da matéria-prima regional e os sofisticados da alta literatura, de resultado impressionante, em que nada está deslocado, nada rompe a superfície, nada destoa do conjunto. Além disso, e em total sintonia com o tempo presente e com os impasses da narrativa de hoje, centra sua força não nos episódios mas na mesma linguagem, com apoio num enredo mínimo: um sujeito relata um périplo pelo Sul (em dois sentidos da preposição "por": *através* do Sul e *em busca* do Sul), ao longo da qual vai reconhecendo cenários, eventos, indivíduos; encontra um artista vendendo a alma ao diabo; vê a alucinação da chegada das máquinas e dos agrotóxicos que alterarão a produção agrícola; encontra Gomercindo, um lunático sábio que leva o protagonista a um local peculiar, o Pensário; ao fim, ambos, narrador e Gomercindo saem a cavalgar, montados mais que nos cavalos na amizade e na visada filosófica que os anima, em direção ao Sul.

Tudo isso vem numa forma sinfônica. Na abertura, desfilam quatro pequenos temas, cada um referido a uma estação climática, cada qual procurando a forma perfeita de enunciação para seu objeto. Ao longo do livro, desenvolvem-se os temas, com andamentos adequados, ora vibrantes, ora melancólicos, ora ainda meditativos. E no fecho são retomadas, em quatro codas, as mesmas estações, numa cerimônia de retomada e de discreta apoteose. O Jaca conseguiu a magnífica inutilidade de compor uma obra de arte definitiva.

Outro motivo ainda de sua excelência: o enredo se resolve, gauchamente, numa bravata. Lembro emocionado da época da redação. O Jaca vinha escrevendo o livro e mostrava as partes para alguns amigos, entre os quais eu, sempre pedindo leitura, retorno, orientação para andar no meio do nevoeiro da criação. Quando alcançou a parte da cavalgada, eu perguntei a ele: "Mas escuta, onde vai parar isso? Como é que esses dois alucinados, narrador e Gomercindo, vão encerrar essa jornada?". O Jaca matutava. Dias depois ele veio com a nova: "Já descobri; os dois vão se vendar e cavalgar sem ver nada". Eu reagi: "Como assim se vendar?". Ele: "Não sei, mas vão se vendar". Eu ainda retruquei: "É que o leitor vai querer um mínimo de verossimilhança, ninguém vai aceitar que dois cavaleiros saiam por aí de olhos vendados, como se fosse normal". Era a minha impressão sincera (e talvez errada). Passaram mais alguns dias. E aí, num dos inúmeros e saudosos almoços que compartilhamos, ele trouxe a solução, o olhar mais afiado que nunca: "Vai ser assim: o Gomercindo, cansado já de ver a luz do dia, propõe ao outro que passem a cavalgar só de noite; depois, mais saturado ainda de ver a luz do mundo, vai propor que ambos vendem os olhos; o narrador vai se espantar, e o Gomercindo dirá, para convencê-lo a pôr a faixa negra nos olhos – só até aguentar".

"Só até aguentar", assim ficou na parte 3 do livro. Um gesto simples que esconde que esconde atrás de si um universo tão nosso: o duelo, o desafio, a prova, a hombridade posta em xeque, a alegria masculina de arrostar o perigo, o temor reverencial pela tradição, a força telúrica de olhar a cara torta do destino.

Um ano depois de sua morte, revi uma gravação em vídeo de uma ida nossa, minha e dele, a Santa Cruz do Sul (ocorrida em janeiro de 96), a convite da colega e amiga Lélia Almeida, eu para fazer uma palestra sobre Literatura Gaúcha na universidade da cidade. Ele ia para comentar seu livro, então recentemente lançado, e eu para fazer uma palestra panorâmica sobre o tema. (A viagem de ida e de volta, num total de umas quatro horas, transcorreu dentro de uma conversa interminável com o saudoso amigo.)

Márcia Santos, amiga comum, viu essa gravação e um tempo depois me passou um livro que tinha pertencido ao

Jaca: um livro de poemas traduzidos de T.S. Eliot (*Seleção* – T.S. Eliot, Emily Dickinson, René Depestre. Tradução e ensaios de Idelma Ribeiro de Faria. São Paulo: Hucitec, 1992). No livro há algumas menções ao vendamento, em anotações a lápis, feitas pelo Jaca em sucessivas leituras. Na página de rosto se lê uma espécie de recado do Jaca ao poeta inglês: "T.S. Eliot: Esta vez a viagem foi mais longa. Acabamos de passar pela capital de São Paulo. Três horas da manhã. *As tarjas firmes*. 3/2/94". Na página 43, ao lado do magnífico poema "O Enterro dos Mortos", está: "Indo p/ Sto. Ângelo no natal de 93, noite, onze horas + ou –." Santo Ângelo era sua cidade natal.

Na última página do livro, antes de uma observação circunstancial, "o metal da pressão da cortina bate desesperadamente no vidro da janela do ônibus", esta uma outra carta de Jaca ao poeta: "Sim Senhor, Sr. T.S. Eliot. Estamos de novo viajando para Sto. Ângelo. Faz um ano que fizemos aquela viagem juntos. De Sta. Maria a Sto. Ângelo. São 18h26min do dia 24/12/93. Vamos indo novamente às Missões. De mãos dadas. *Com nossa tarja nos olhos*." Depois vem um pequeno espaço, e segue: "Sim, Sr. Eliot, estamos voltando a POA. São 23h05min de 25/12. *Recoloquemos a tarja*. Avante, companheiro." Os grifos sobre a tarja são meus, para marcar claramente que a ideia de vendar os olhos estava germinando há muito na cabeça do Jaca, desde 93.

Penso que *Assim na terra* pode ser lido como um epitáfio, inscrito em bronze eterno. O Sul acabou? Virou fantasma todo aquele sonho de autonomia e independência? Então vamos lá conferir. A vida não merece mais nossa coragem? Mas até lá aguentamos. Perdeu-se no oco do tempo o velho sentido das coisas? Cabe a nós contar isso. Em seus termos, o romance nos reconforta na dúvida sempre presente, atravessada na garganta, ardida no coração, pulsante no raciocínio.

Assim na terra, título que o Jaca garimpou por meses no vasto patrimônio de sua inteligência, simboliza esse fim, que por sua cumulação e explosão é também início, abertura e liberação. Guardadas as proporções, o romance é como *Grande sertão: veredas*, um novo Cronos – o titã que matou, metaforicamente, o pai, para abrir caminho na História para os homens. Na vida estética, não há dúvida que os criadores vivem sob o que Harold Bloom chamou de "angústia da influência", e esse é o nó da verdadeira criação: matar o pai para viver, engolir-lhe as vísceras para ficar forte, beber a tradição dos maiores para criar o novo. O Jaca, que escolheu os maiorais certos – Simões Lopes Neto, Aureliano de Figueiredo Pinto, Aparício Silva Rillo, Joseph Conrad, Stéphane Mallarmé, T.S. Eliot –, chegou lá.

Ele próprio era uma síntese. Filho de pai descendente de alemães e de mãe de italianos, se criou nos arrabaldes de Sto. Ângelo, coração das Missões, viveu como guri entre a cidade e o campo, foi cavalariano no Exército, cruzou com índios e castelhanos, conheceu o Sul profundo da vida estancieira, cursou a Universidade em Santa Maria, foi jornalista, pai de filhos, fez política, pós-graduou-se em Literatura, amou, viveu rápido, escreveu, fez amigos para toda a eternidade.

Ainda nos últimos dias em que trabalhou, o Jaca fez uma grande piada, também bravateira. Escolheu a frase do milênio, a mais representativa de nossa civilização: "Tamos aí, na luta". Que se complementaria, numa estampa de camiseta, com outra, impressa entre parênteses logo abaixo da primeira: "No mais, tudo bem". É isso, velho Jaca querido, na luta e tudo bem.

Uma rede sulina

O frio dos invernos não nos deixa esquecer a singularidade sulina em relação à imagem tropical que o Brasil cultiva, e é certo que as artes praticadas por aqui carregam o fardo e a potência de expressar essa singularidade. Simples assim: geografia é, em certa medida, destino; que seja condenação ou redenção é um problema nosso, de quem vive nela e tenta significá-la esteticamente.

Frio, sul, destino, a consciência dessas variáveis ativou uma famosa reflexão de Vitor Ramil, que deu à luz a enxuta e feliz expressão "estética do frio", agora já irrenunciável. Não apenas para falar da obra dele mesmo, mas para representar, de algum modo, muitas obras, muitos autores – nela se reconhecem Kevin Johannsen, Ana Prada, Jorge e Daniel Drexler, para citar apenas os não brasileiros desta parte não tropical do continente. Em outra ponta do mesmo raciocínio, Caetano Veloso comentou, em texto para o jornal *O Globo*, o livro *Os famosos e os duendes da morte*, de Ismael Caneppele, nascido em Lajeado, RS, como sendo para ele uma elucidação da expressão de Vitor Ramil. São parentescos que a história vai tramando, por dentro ou por fora das vontades individuais.

Um ramo dessa genealogia se configurou na consciência e na obra de Luiz Sérgio "Jacaré" Metz. Quando morava em Santa Maria e fazia faculdade, anos 70, em certo momento convidou Cyro Martins para uma visita à cidade, para falar aos alunos – o Jaca era presidente da Casa dos Estudantes, cargo elevado no contexto, e queria inaugurar uma sala em homenagem a Cyro.

Por que escolheram o autor de *Sem rumo*? Porque naquele momento, sob ditadura em sua fase feroz, Cyro (Quaraí, 1908–Porto Alegre, 1995) e sua obra representavam uma força de esquerda, em parte pela denúncia das miseráveis condições de vida do "gaúcho a pé", em outra parte pela sua já antiga vinculação a movimentos de esquerda mesmo (havia sido muito próximo do Partido Comunista, era alinhado com a oposição ao regime militar). Para o futuro escritor Metz, Cyro era também um guia literário, porque havia dado substância artística aos de baixo, aos mesmos despossuídos do campo que figuravam já em seus contos (reunidos depois no volume *O primeiro e o segundo homem*, que viria a ter uma apresentação escrita por Cyro Martins, em elogio ao jovem narrador que ali se apresentava).

Houve tumulto na UFSM, porque o reitor de então mandou proibir a presença de Cyro, mas é claro que os estudantes não se mixaram, e pelo contrário, enfrentaram esse conservadorismo imbecil, entronizando o grande escritor na sala em sua homenagem.

Quando veio morar em Porto Alegre, poucos anos depois disso, já jornalista formado, o Jacaré se propôs escrever a biografia de Aureliano de Figueiredo Pinto (Júlio de Castilhos, 1898–Santiago, 1959) para uma série muito interessante da época, parceria entre a então editora Tchê com a RBS. Por que Aureliano? Porque era um poeta talentoso, embora de escasso reconhecimento – e mesmo de escasso conhecimento, puro e simples – e uma figura singular. O Jacaré sabia que naquela vida estava uma força que interessava dar a conhecer.

E fez o serviço, não como uma biografia convencional, mas como uma plataforma inventiva de ação, projetada para o futuro enquanto refletia sobre o passado. No texto, reverência e invenção se dão as mãos, em síntese que dá gosto de ver.

Talvez nem o Jaca soubesse direito, mas seus admirados Cyro e Aureliano haviam sido próximos entre si, também. Em mais de um momento de sua vida (por exemplo no excelente serviço prestado por Abrão Slavutsky chamado *Para início de conversa*, extensa entrevista com Cyro Martins publicada pela Movimento em 1990), Cyro contou do grande apreço que tinha por Aureliano. Quando veio a Porto Alegre, jovenzinho, o futuro psicanalista e romancista Cyro teve no já médico Aureliano (e escritor sem publicação até vésperas de sua morte, eis que seu primeiro título, *Romances de estância e querência*, saiu no ano em que morreu, atualmente editado pela Movimento) uma figura tutelar, um homem da campanha já aclimatado à cidade, mais velho um tanto, bastante experimentado, capaz de versos eruditos à maneira dos parnasianos e simbolistas que ainda eram o paradigma, como capaz de versos crioulos expressivos.

Cyro e Aureliano, assim como Jacaré depois, herdeiro voluntário deles, se enlaçam numa tradição modesta, mas de alto valor: a dos que sentem verdadeiro apreço pelo sul, pelo frio, pelo universo gaúcho e pela tradição gauchesca, por este mundo singular enfim, compartilhando um traço que não se encontra muito (e cada vez menos, ao que parece) – o traço da reflexão crítica, que se mistura a uma intensa atenção para os derrotados do campo. Na obra dos três não há bravata (ou, se há, assume contornos trágicos), não há arrogância, não há os facilitórios com que tantos fazem fama, nos quadros da cultura gauchesca e tradicionalista.

O que há é arte meditada, literatura concebida como sensível contribuição na busca de entender o mundo. Literatura que precisa ser mais conhecida e lida, como antídoto à fanfarronice, como combustível para a inteligência.

Umas do Aníbal

Aníbal Damasceno Ferreira
(Erechim, RS, 1932 – Porto Alegre, RS, 2013)

Obrigação nossa, dos amigos do Aníbal: juntar suas histórias e seus textos para publicar um grande livro, um dos livros mais importantes da cultura gaúcha de todos os tempos. Pelo menos, de um dos livros mais singulares jamais concebidos em nossa terra e em nossa língua.

Primeiro os fatos: faleceu em abril de 2013 Aníbal Damasceno Ferreira, aos 80 anos de idade. Viveu intensamente o mundo literário e cinematográfico desde sua juventude. Trabalhou na rádio da Universidade, no tempo em que ela era um dos eixos da cultura exigente de Porto Alegre, e depois resignou-se a completar seu tempo de serviço como funcionário federal no Instituto de Física da UFRGS, onde comandava um modesto setor dedicado a filmar experimentos. Foi professor de cinema na FAMECOS, da PUC, por décadas, e ali cevou uma penca de jovens cineastas. Trabalhou em cinema, inclusive com Teixeirinha. Escreveu contos e ensaios para publicações variadas, de forma assistemática, mas sempre com uma verve muito, mas muito rara. Era uma figura humana delicada e um leitor peculiaríssimo – erudito autodidata, conhecedor minucioso de grandes autores (como Machado de Assis e Nelson Rodrigues), se dizia um "tarado semântico", porque vibrava com frases, com giros de linguagem.

Exemplo que ele recitou mais de uma vez era a abertura do conto "Famigerado", do Guimarães Rosa. Ele dizendo com sua voz fraca e olho vivo: *"Foi de incerta feira – o evento.*

Quem pode esperar coisa tão sem pés nem cabeça? Eu estava em casa, o arraial sendo de todo tranquilo. Parou-me à porta um tropel. Cheguei à janela." Dizia as palavras e comentava: "Entende como é? Eu não sou especialista em literatura, não sou crítico literário – eu sou um tarado semântico".

Minha história com ele: creio que pela primeira vez nos cruzamos na redação do breve mas valente *Pasquim Sul*, sim, isso mesmo, o próprio *Pasquim* carioca, que teve um encarte feito em Porto Alegre por uns meses. Foi quando Brizola estava na poder lá no Rio, depois de 83, que ele bancou o *Pasquim* de lá, e que aqui rolou essa espécie de sucursal, comandada pelo Cói Lopes de Almeida, com o Carlos Feyo, o Marcos Klassmann, o Roque Callage Neto e outros. Eu colaborei umas quantas vezes, me arriscando e querendo participar como todo guri de 20 e poucos anos. E lá o Aníbal fez uma coluna que parodiava o colunismo social, com a famosa verve dele.

Passamos a conviver de perto aí por 88, almoçando mais de uma vez por semana juntos, no bar do Antônio, lá no Campus do Vale. Era uma festa para mim e para outros colegas, que com o tempo foram se chegando, Homero Araújo, Ruben Daniel Castiglioni, sem falar nos professores da Física, como o Joqa Medeiros e o Lívio Amaral, mais o querido Joaquim Fernandes, que vinha da Veterinária para conversar de literatura e coisas inteligentes com o Aníbal.

(E então, depois desses almoços, eu chegava em casa e anotava o que o Aníbal tinha dito. E me arrependo de não ter escrito mais, claro. Um exemplo é a definição do Aníbal para o verdadeiro cultor de Machado de Assis. Os machadianos constituímos uma confraria secreta. Não há reuniões nem inscrições, mas nos reconhecemos facilmente, pelo prazer da minúcia sobre um personagem, pelo gosto das interpretações sobre sua obra, pela obsessão sobre detalhes da vida ou do estilo. O Aníbal, o mais notório machadiano da redondeza, afirmava que o machadiano verdadeiro, o escocês, é aquele que, depois de passar uma hora conversando com outro machadiano, naturalmente sobre Machado de Assis, termina a conversa e pensa sobre o outro: "Tá aí um que não entende nada do Machado".)

O que ganhei nesse convívio não tem conta. Para não ir muito longe: meu doutorado, sobre a crônica de Nelson Rodrigues, teve Aníbal como origem e como orientador-mor, aquele com quem a gente de fato conversa para saber se está tudo bem. Ele, acho, nem formado em curso superior era (creio que era jornalista provisionado), mas tinha o estatuto, para mim, de doutor, o cara capaz de dar os toques necessários, de acompanhar no percurso, de vibrar com as descobertas do outro.

O Aníbal era da raríssima tribo dos bons conversadores. Tenho a impressão de que o centro de sua vida mental era mesmo a conversa, o papo com os amigos, como dizem ter ocorrido com Macedonio Fernández, amigo e interlocutor indispensável de Jorge Luis Borges. Isso transformava cada almoço, cada cafezinho (o dele sempre com muito leite, para não provocar uma gastrite que tinha), num espetáculo irrepetível. O que eu ouvia ali era ouro.

Dou outro exemplo: um belo dia, me pergunta o Aníbal se eu já tinha lido uma novela, meio ruim mas muito interessante, chamada *Estricnina*, publicada em Porto Alegre em 1897. Não, claro que não. Não tinha lido muita coisa, que fui ler por indicação dele. Ele me disse que na biblioteca da Letras tinha um exemplar. Fui lá, li, me entusiasmei tanto que dei um jeito de republicá-la em 1987, cem anos depois.

Nos primeiros anos 50, o Aníbal adoeceu gravemente e passou meses de cama. Neste tempo, ele leu muito, até mesmo coisa que não parecia merecer atenção. Um parente dele, Athos Damasceno Ferreira, primo do pai, alcançou alguns livros; entre eles, uns números de uma esquisitíssima publicação do século XIX – a *Ensiqlopèdia ou Seis mezes de huma enfermidade*. O autor se assinava Qorpo-Santo e gozava, na altura, de uma fama de maluco total e irremissível: ninguém, nos anos 1950, o levava a sério como escritor, como dramaturgo, nada. Era um maluco da cidade, um folclore, como se diz. Pois bem: o Aníbal leu e julgou encontrar ali algo que ele prezava demais – a singularidade. Qorpo-Santo podia ter sido um maluco, mas tinha um quê de genial. Assim que pôde, Aníbal copiou, batendo a máquina com papel-carbono, algumas das peças do louco, e espalhou esse material entre os bem-pensantes do momento, jovens e velhos, para badalar o cara. Ele entusiasmadíssimo, querendo montar as peças, mas não encontrava muito eco entre os intelectuais e críticos com poder de fogo. (Angariou simpatias com gente da geração dele, como Antônio Carlos Sena e Flávio Oliveira, que lideraram a encenação, anos depois.)

    A conjuntura era favorável em vários aspectos; a UFRGS ganhava um flamante curso de Arte Dramática; no domínio da Literatura, Guilhermino César escrevia uma nova história da literatura sul-rio-grandense. Aníbal tentou esses dois caminhos para angariar prestígio para o Qorpo, mas não rolou. (A história desse percurso requer um livro inteiro para ser contada, tendo sido relatada já por Janer Cristaldo, que a viveu de perto; eu mesmo pesquisei e coletei muita informação sobre os bastidores, mas ainda não tive o vagar necessário para tal e tanto.) Guilhermino desconsiderava Qorpo-Santo como escritor, até então, e disse isso ao Aníbal.

    Mas meu amigo insistiu, e em 1966 foi levada a palco a obra de Qorpo-Santo; por total acaso, a montagem foi convidada a participar de um festival de teatro no Rio de Janeiro, então a capital cultural indisputada do Brasil; e lá aconteceu de o grande crítico carioca da época, Ian Michalski, assistir e vir a público no dia seguinte, por escrito, para dizer que daquele momento em diante toda a história do teatro brasileiro deveria ser revista porque havia sido descoberto, no Sul, um gênio, um precursor do teatro do Absurdo, um tal de Qorpo-Santo.

O que aconteceu na província, depois? Bem, todos aqueles a quem o Aníbal tinha distribuído, infrutiferamente, cópias das peças, agora queriam dizer que sim, tinham visto que ali havia valor estético, mas sabe como é, não tinha dado chance de dizer em público isso, coisa e tal. E o Aníbal, que podia nessa hora triunfar e chamar todos de patetas, apenas se reconfortou intimamente, porque via enaltecido um cara que merecia, o maluco do Qorpo-Santo.

Um complemento dessa história, para mostrar o caráter do Aníbal. Como disse, juntei material sobre esse percurso, entrevistei meio mundo, bolsistas meus tiraram xerox de debate jornalístico da época, mas me faltava um depoimento – o dele mesmo, com quem eu almoçava sempre, o protagonista mais decisivo de tudo. Pedi mil, duas mil vezes para ele me dar entrevista, gravada, para eu poder contar isso direitinho.

Sabe o que me disse o Aníbal? Que não ia nunca me dar entrevista sobre isso. "Mas por quê, meu deus do céu, se eu falo contigo o tempo todo, se eu sei de detalhes, tu mesmo me contaste? Se eu sei muito sobre o fato de o Guilhermino ter negado valor ao Qorpo-Santo na hora e depois ter reconhecido seu valor, a ponto de escrever um livro sobre o autor, mas apenas depois da consagração no Rio?"

E ele: "Porque a outra parte não vai poder contar a sua versão". De fato, Guilhermino passou os últimos anos incomunicável, e veio a falecer em 93, sem nunca ter sido confrontado publicamente com os fatos, sem nunca ter sido interpelado por aquela mudança de opinião e sobre o papel do Aníbal nisso tudo. E o Aníbal, que matou no peito uma desfeita grande do mesmo Guilhermino (que não concedeu ao meu amigo o reconhecimento de ter sido o verdadeiro primeiro divulgador do maluco), preferiu terminar seus dias sem falar isso tudo em público.

Cordial e batalhador, fraterno e inventivo

MOACYR SCLIAR
(PORTO ALEGRE, RS, 1937-2011)

O que quer um escritor, um artista? Encontrar a linguagem adequada para expressar-se e encontrar o público que se interesse pela obra. Isso, tudo isso, nada mais que isso. Pode haver interesses paralelos, naturalmente: ganhar dinheiro; conquistar amores e despertar paixões; alcançar fama; prestar contas ao pai e à mãe que tanto acreditaram; obter poder; esmiuçar um tema que considere vital; ser reconhecido pelos seus como alguém de valor, como seu intérprete. Mas se o artista é artista mesmo, o que importa são aqueles dois encontros, com a linguagem e com o público. Encontros que são conquistas, não graça divina: é na lida diária e obstinada com ela e com ele que a coisa aparece.

O prezado leitor que, como eu agora, está lembrando de Moacyr Scliar, deduziu logo que nosso escritor se realizou. Desde o começo de sua longa, produtiva, bem-sucedida carreira de escritor, Scliar encontrou linguagem e leitores, que agora permanecem aqui, ela impressa e portanto disponível para a leitura das dezenas de volumes que escreveu, eles com a chance concreta de seguirem lendo, agora e no futuro, o que ele deixou.

Sua linguagem foi sempre a narrativa, nunca a poética: não se encontra em sua obra o esforço pela imagem sublime, plasmada num giro raro de palavras, numa metáfora especial, no vocabulário sutil, e sim se encontra a volúpia pelo relato, fosse ele de temperamento alegórico (seus contos estão cheios de figuras surpreendentes, animais falando, sonhos divinatórios, etc.), fosse ele de caráter realista (é repleta de vida cotidiana sua ficção).

Narrativo, claro em sua sintaxe, escorreito no vocabulário, Scliar soube encontrar os temas para sua obra naquilo que estava ao alcance de sua vida – Porto Alegre aparece muito em seus livros, marcantemente até os anos 80, assim como questões ligadas ao mundo da saúde pública, que não saíram nunca de seu horizonte. A condição judaica nunca parou de ser fonte inspiradora, tanto no plano histórico concreto (a imigração para o Brasil, os dilemas da adaptação ao novo mundo, os episódios pessoais), quanto no plano cultural mais difuso e geral (temas bíblicos, dilemas centenários da vida judaica, fantasias milenares do imaginário de sua cultura).

Quem são seus personagens marcantes? (Fica-se tentado a encontrar sínteses, em momentos de luto como este: o objetivo é encontrar pontos de apoio para debruçar ali nossa tristeza.) Pode-se dizer que Scliar tomou o pobre-diabo como personagem central? Não, não é dele que se ocupou. Mas também não foi o nababo, nem o aristocrata de dinheiro velho, nem o burguês bem-sucedido que pisou em vários pescoços até chegar lá. Seu personagem-síntese é o sujeito simples, igual ao leitor, que porém acalenta aspirações de grandeza, de fama, de prestígio. Aspirações que escolheu ou que herdou, e que não se realizam direito jamais – o esquema abstrato da novela em suas mãos é o relato da trajetória de um sujeito assim, seja ele o homem que imaginou ser ele só um exército, lá nos anos 70, seja o Valdo do romance derradeiro, de 2010, *Eu vos abraço, milhões*, que envolve o Rio Grande da Revolução de 30, os sonhos comunistas da primeira metade do século passado e a danação do cotidiano, matéria-prima toda ela significativa para o autor. Que este personagem seja muitas vezes judeu é uma contingência a que Scliar não fugiu, como alguém que sabe de sua família,

de seus maiores, do patrimônio cultural e afetivo incalculável envolvido nessa herança.
E o público, quem foi, como apareceu? Para mais de um colega escritor, Scliar dizia, de vez em quando em tom de conspiração, que era preciso escrever para as mulheres, que são o público real. Era e não era uma piada, eu creio: Scliar de fato foi em direção a seu leitor – estimo que ele teria gostado da comparação – como um honesto caixeiro à moda antiga, quem sabe um imigrante ainda frágil na nova língua mas empenhado de corpo e alma no comércio porta a porta, que quer conquistar e nunca mais perder a freguesia, fazendo sempre o seu melhor. (Uma das marcas de sua atuação era a infinita gentileza com que atendia a pedidos de entrevista, de visita a escolas, de autógrafos.) Não confrontou o leitor médio, não lhe impôs dificuldades intelectuais ou críticas. Suas histórias não são trágicas, ou quando são trata-se de tragédias que acabam com um suspiro, não numa explosão. Seu humor é discreto, riso de canto de boca; não resulta em gargalhada, nem em enigma cerebral que só se resolve horas depois mediante muita análise aguda.
 Mas, se não confrontou o leitor real, também não cedeu em coisas básicas que agora, em rimo de balanço, aparecem com clareza: seu produto era aquele mesmo, aqueles temas e aquele horizonte humano, que ele aperfeiçoou a vida toda, que lapidou com a paciência com que Baruch Spinoza polia suas lentes, enquanto pensava na vida. (Spinoza foi uma das referências intelectuais e afetivas de Scliar, a ponto de figurar numa excelente passagem de um belo romance, *Na noite do ventre.*)
 Assim ele era pessoalmente: disponível, cordial, fraterno. (Guardo com carinho a lembrança de um telefonema que me deu, na véspera de uma complicada cirurgia que ele sabia que eu ia fazer, para me dizer que tudo ia dar certo. A palavra do médico instaura o sentido no doente,

e ele sabia disso.) E também foi um dedicado batalhador e um inventivo contador de história. Uns quantos romances seus permanecerão, ao lado de um bom punhado de contos; suas narrativas juvenis por certo seguirão fazendo o serviço limpo de acalentar leitores em formação; suas crônicas merecerão visitas em busca do sentimento diário que os últimos 40 anos viveram, e seus ensaios terão função esclarecedora por muito tempo.

Moacyr Scliar foi alguém que buscou ser inteligente e eficaz; realizou ambos os desígnios como escritor. A última frase de uma autoapresentação escrita para o significativo livro juvenil *Um menino chamado Moisés* ajunta a isso um traço de valor alto: dizendo ali a seu leitor que para compor aquele texto ele leu a Bíblia como literatura, mas também inventou um tanto – o mar Vermelho se abriu para os judeus passarem tanto quanto, explica, o mar da imaginação dá passagem ao trabalho do escritor –, Scliar arremata, falando de sua história e, digo eu, de sua obra: "Não chega a ser um milagre, mas que dá alegria, isto dá".

O homem que inventou Zumbi

Décio Freitas

(Encantado, RS, 1922 – Porto Alegre, RS, 2004)

"Estou convencido de que os limites entre historiografia e ficção são muito tênues". A frase não é de nenhum pós-moderno, mas sim de um ex-militante do Partido Comunista Brasileiro, de boa formação marxista, e grande admirador da figura política de Getúlio Vargas. Homem público em algumas circunstâncias, combativo defensor da democracia e de exilados políticos em tempos de ditadura, com um currículo invejável: estamos falando de Décio Freitas, o autor de *Palmares, a guerrilha negra*, *O socialismo missioneiro*, *O maior crime da Terra*, entre outros tantos. Nascido no interior gaúcho em 1922, o autor da provocadora frase é, na verdade, um dos importantes historiadores brasileiros do século XX, que teve sua produção intelectual fundamente marcada pelos acontecimentos históricos que decidiram a sorte do Brasil e foram, em boa parte, testemunhados diretamente por ele.

O jovem Décio Bergamaschi Freitas vem a Porto Alegre para estudar no colégio Rosário. Ingressa na Faculdade de Direito da Universidade do Rio Grande do Sul, onde inicia intensa militância política no *Partidão* e trabalha na imprensa. Aproxima-se do então prestigiado intelectual e político Dyonélio Machado, e convive com colegas como Raymundo Faoro. Emprega-se na banca de tradutores da antiga *Globo* e do velho *Correio do Povo*, na companhia de Mario Quintana, entre outros. É como jornalista que trava contato com figuras como Borges de Medeiros, Flores da Cunha e Getúlio Vargas.

Rompido com o velho Partidão mas sem jamais se tornar um direitista, acaba trabalhando no governo de João Goulart e convivendo com figuras de relevo na vida cultural do país, como Darcy Ribeiro. Acompanha de perto as tramas políticas do Brasil contemporâneo, tendo a rara oportunidade de vivenciar alguns dos episódios decisivos da história do país. A tentação folhetinesca de dizer que é uma figura marcada pelo destino, como numa tragédia grega, é forte, mas não é bem o caso. Como testemunha da vida brasileira, Décio Freitas acompanha tudo, com inteligência e discernimento de quem desde muito cedo tomou posições sobre as questões candentes de seu tempo.

Sua obra, escrita numa forma que poderemos chamar de ensaio histórico, atesta-o. É o caso de seu livro de maior repercussão, *Palmares, a guerrilha negra*. Exilado em Montevidéu, ao lado de muitas outras figuras derrotadas pelo Golpe de 1964 – Décio foi cassado já na segunda leva, no Ato Institucional nº 2 –, é com o objetivo bastante pragmático de escrever um manifesto político que depara com a não estudada história de um caso de revolta negra no atual estado de Alagoas. As poucas linhas que encontrou serviram de estímulo para o início de sua carreira de historiador que, tomado de paixão pelo tema, acabou desvelando aquela que foi a maior revolta negra da história das Américas. E aqui mais uma vez a obra e o indivíduo se confundem: ao mesmo tempo em que *Palmares* era reivindicado pela esquerda desesperada como uma justificativa e um modelo para a guerrilha no Brasil dos militares – nexo que foi sempre negado pelo autor –, ajudou a colocar na ordem do dia a discussão sobre o legado da escravidão no Brasil, assim como ajudou a iniciar a tardia discussão sobre a condição da considerável maioria de "não brancos" (para usar o termo do autor) na sociedade brasileira. E esse é apenas um exemplo de como sua obra, por vezes ignorada olimpicamente nos meios acadêmicos, foi tão marcada pelos momentos não menos históricos pelos quais passou o autor.

Em vários outros livros, Décio sempre frequentou temas esquecidos, negligenciados ou varridos para baixo do tapete da historiografia, especialmente nos anos medonhos da Ditadura. Décio abordou a vida das Missões no Rio Grande do Sul, em *O socialismo missioneiro*, publicado em 1975 com uma tese já no título. Livro que, diga-se, foi republicado em 1998 com o alteradíssimo título de *Missões, crônica de um genocídio*. Claro: havia morrido a experiência da União Soviética, e a palavra "socialismo" passou a significar coisas muito diversas daquelas esperançosas e futurosas com que sonhavam os homens de esquerda da geração do autor.

Os dois casos revelam a intenção de revirar a história para localizar elementos com que se pudesse identificar saídas políticas para o povo brasileiro. O quadro em que o primeiro livro foi concebido ilustra bem a situação: exilado no Uruguai, junto com vários companheiros envolvidos em tentativas de organizar a volta ao Brasil, derrubar os militares e empalmar o poder, com Jango retornando à presidência, Décio participou da trama para escrever um manifesto, que teria duas partes: uma histórica, sobre os movimentos populares brasileiros, coordenada por ele mesmo, e uma parte sobre a conjuntura política, coordenada pelo mais tarde famoso sociólogo Herbert de Sousa, o Betinho, o "irmão do Henfil" da canção de Aldir Blanc e João Bosco, parte esta que nunca foi concluída.

Frustrou-se a coisa toda, mas Décio fez seu serviço. Foi em função dessa pesquisa que ele voltou ao Brasil clandestinamente. Viveu na sombra por anos. Seguiram-se outros livros, o mais famoso sendo, talvez, *O maior crime da Terra*, de 1996, reconstituição romanceada de episódios ocorridos na Porto Alegre dos anos 1860, quando um açougueiro assassinou pessoas e, dizem, com a carne delas fez linguiça. O título era um exagero, como voltou a ser em *O homem que inventou a ditadura no Brasil*, sobre a trajetória política de Júlio de Castilhos, o principal líder republicano no Rio Grande do Sul. Tinha agora um livro pronto, que estava revisando – e do qual me passou uma cópia, para leitura e conversas, que não chegamos a ter. Versa sobre um pedaço radicalizado da Cabanagem, revolta popular ocorrida nos anos de 1830 em Belém do Pará. Saiu o livro, pouco depois de sua morte, com o verboso e agressivo título original: *A miserável revolução das classes infames*.

Vida cheia de peripécias teve nosso Décio. Em matéria de romances e amores, sabe-se que foi um galanteador; vaidoso, consta que deixou de colaborar para a *Folha de S.Paulo* quando começaram com aquela regra de registrar a idade do sujeito, logo após o nome; intelectual atento, discutia literatura antiga e moderna com o mesmo gosto com que diagnosticava os horrores do país. Amigo próximo de gente extraordinária (o pintor Iberê Camargo, de quem consta ter sido confidente por muitos anos, ou o escritor Dyonélio Machado), jornalista e intelectual que esteve em vários momentos fortes na linha de frente, como quando dirigiu o Comitê Brasileiro pela Anistia, livre-pensador, sujeito de verve irrequieta até o fim, com 82 anos, Décio faz falta.

Tive o grande prazer de conviver com ele por vários anos, almoçando todas as quintas-feiras num grupo que mantemos há mais de 20 anos, criado pela verve e o talento para a conversa do inesquecível Joaquim Felizardo, quase sempre no restaurante Copacabana. Com os demais parceiros de almoço, testemunhei muitas das construções intelectuais de Décio. Grande contador de histórias, saboreava passagens sutis de episódios, como certa vez, ao contar de uma visita a um museu, creio que em São Luís do Maranhão:

era uma construção barroca, que ele apreciava minuciosamente, quando teve vontade de ir ao banheiro; olhou para os lados e deparou com um funcionário, com aparência humilde, talvez um porteiro. Décio se aproximou dele e começou a formular sua vontade mas sem encontrar a palavra adequada, quanto este, percebendo de que se tratava, teve a iniciativa de perguntar: "O senhor quer verter?" Décio vibrava com isso; para ele, essa delicadeza verbal se explicava pela antiga cultura letrada da cidade, até pela passagem do padre Vieira por lá – e a isso ele opunha o que considerava uma espécie de grosseria verbal dos padres e políticos gaúchos descendentes da imigração italiana ou alemã, que falavam ainda de modo tosco o Português.

Era também um fabulista, um criterioso inventor de situações verossímeis. Para viabilizar o arranjo narrativo de seu livro *O homem que inventou a ditadura no Brasil*, postulou um personagem, um certo A. Bierce, apresentado de modo enviesado, capaz de suscitar desconfiança empírica mas igualmente de despertar simpatia literária. Seria um irmão, talvez, do famoso Ambrose Bierce, e teria vivido em Buenos Aires por um tempo, quando teria tomado a iniciativa de vir a Porto Alegre para reportar o que ocorria naquela sangrenta luta conhecida como Revolução Federalista. Já para escrever o livro sobre os cabanos, Décio postula a existência de uma testemunha privilegiada dos impressionantes acontecimentos daquele movimento, um certo Jean-Jacques Berthier, francês, ou melhor, bretão, cujo pai teria sido um seguidor de Babeuf. Esse Berthier teria escrito cartas, relatando a revolução em seu cotidiano, e essas cartas teriam chegado ao escritor gaúcho.

Existiram mesmo esses sujeitos? Escreveram eles o que Décio diz que escreveram? Difícil responder que sim; a mim parece que não. E isso não chega a fazer grande diferença para o leitor, que acompanha a história de Júlio de Castilhos, desde que tenha em mente a frase que abre este texto: o historiador havia abandonado a preocupação de manter claros e estanques os limites entre ficção e história. Seu negócio era abordar temas espinhosos, ligados aos de baixo, aos vencidos pela história, segundo um desejo de dramatizar os fatos para mais impactar o leitor. Tudo isso faz seus amigos, como Sergius Gonzaga, Luiz Osvaldo Leite e Voltaire Schilling, além do autor das presentes linhas, cogitarem: o que teria ocorrido se Décio, com sua verve e sua criatividade, tivesse assumido a autoria de romances?

O valor da memória

Carlos Reverbel
(Quaraí, RS, 1912 – Porto Alegre, RS, 1997)

"Não tenho pejo de confessar que sou um cidadão acomodado e omisso e, como tal, completamente destituído de espírito público. Isso não impede, entretanto, que seja de parecer que indivíduos deste jaez deveriam ser fuzilados, a começar por mim, naturalmente." Este é o sessentão Carlos Reverbel falando de si mesmo, em 1978. Seu texto é excelente em forma e extraordinário em fundo, chegando ao requinte dessa autoironia, como hoje quase não se vê na crônica de jornal, salvante o caso de um Carlos Heitor Cony, com que tem laços óbvios de parentesco espiritual: jornalistas da antiga, ratos de jornal, cultos, francófilos, céticos, profundos amantes da memória.

Memória, começo necessário desta conversa sobre o relançamento de parte da obra de Carlos Reverbel, em projeto da Já Editores, sob organização de Cláudia Laitano e Elmar Bones, sob o título *Carlos Reverbel – Textos escolhidos*. O volume compreende quatro livros inteiros: uma biografia de Simões Lopes Neto, *Um capitão da Guarda Nacional*; um livro de memórias, *Arca de Blau*; dois livros de crônicas, *Barco de papel* e *Saudações aftosas*; e ainda textos esparsos, desde reportagens para a antiga *Revista do Globo* e *Província de São Pedro*, até textos originalmente estampados no *Correio do Povo*, no tempo em que este jornal prezava a vida cultural a sério (e não era este mero arrolamento de notas sobre atividade cultural, porque não tinha medo de textos de mais de dez linhas), e na *Zero Hora*, onde Reverbel deu à luz uma série de suas crônicas, sempre encorpadas pela memória. (O livro é um refrigério, porque dá a conhecer uma obra imperdível, e o faz em forma adequada: capa dura, imprescindível para o bom manejo das 795 páginas, a que falta apenas um índice onomástico.)

 Reverbel nasceu na fronteira com o Uruguai. Criou-se numa vida de fazendeiro, em família de largas posses e bastante ilustrada, coincidência que era relativamente comum até certo tempo atrás. Veio a Porto Alegre, para estudar, em 1927, e seguiu estudando no antigo Anchieta até 1933, quando abandonou os estudos formais sem formar-se e sem habilitar-se, portanto, para qualquer curso superior, para desgosto de sua família. Resolveu ingressar no jornalismo, vocação rara em sua geração e classe; para começo de carreira, preferiu trabalhar num jornal de cidade acanhada, a Florianópolis de 1934. Depois disso retornou ao Rio Grande do Sul, onde fez carreira de sucesso no *Correio do Povo*. Militou na Livraria do Globo, como secretário burocrata e como jornalista, nas duas revistas da época, a popular *Revista do Globo* e a superintelectualizada *Província de São Pedro*.

 Na altura de 45, intensificou a convivência (que jamais terminaria) com a obra de Simões Lopes Neto. Primeiro, numa extensa reportagem com a viúva, que ainda vivia; depois com a redescoberta dos textos que viriam a compor o livro *Casos de Romualdo*; tempos adiante, com a biografia que agora se reproduz. Em suas memórias, fez questão de apor título alusivo ao escritor pelotense: aquela "arca de Blau", que é o tesouro das memórias de Reverbel, evocava o personagem-narrador dos *Contos gauchescos*. Em 47, vendeu quase tudo que tinha para viver por dois anos em Paris, já casado. Na volta, viria a ser um dos mais importantes, senão o mais importante, dos jornalistas culturais de século XX no estado, ao protagonizar uma seção de literatura e cultura no *Correio*, a partir de 1954. Não apenas editou, escreveu, resenhou e fez reportagens ali; também inventou pautas, propôs textos para escritores daqui e de fora, promoveu enquetes, fez andar a fila da vida cultural letrada.

Nos começos dos anos 90, tive como aluna a Cláudia Laitano, hoje cronista e editora do Segundo Caderno da *Zero Hora*. Já a conhecia de um pouco antes, por circunstâncias de amizade, e já gostava dela. Na altura a que me refiro, a Cláudia estava por se formar na faculdade, Jornalismo, e precisava fazer uma monografia. Tinha a ideia de analisar o texto de Carlos Reverbel, cronista que então já desfilava sua sabedoria pelas páginas da mesma *Zero Hora*, após ter militado por décadas no antigo *Correio do Povo*.

A Cláudia me convidou para ser o que a Universidade chama de orientador, na verdade um palpiteiro, quem sabe com um pouco mais de quilometragem rodada nas lides de estudar e escrever. Claro que de pronto aceitei, com gosto, por todos os motivos, por ela e pelo assunto. E foi em função da Cláudia e de seu trabalho que conheci pessoalmente a Carlos Reverbel, a quem conhecia de cumprimento e de texto.

Fomos até sua casa, conversamos, passamos algumas horas agradáveis. Depois, mantivemos um contato irregular, com algumas visitas minhas, alguma troca de textos (num certo momento o Nelson Rodrigues começou a ser reeditado, e Otto Lara Resende havia escrito uma memória sobre ele; passei-a ao Reverbel, que se interessava por ele), uma que outra carta – hábito que vai sendo progressivamente abandonado neste mundo internético. Minha admiração por ele e por sua obra não parou de crescer. Era um espetáculo ver (e ouvir) sua dedicação aos temas de que gostava, sua verve, sua gentileza, sua atenção para com gente mais nova, como eu, que queria mais era saber dele como as coisas funcionavam, como tinham sido, como podiam ser observadas do alto de uma vida completa e bem-sucedida. (Ganhei de presente dele, numa oportunidade, um exemplar do mítico *Um pobre homem*, de Dyonélio Machado.) Viveu até 1997. Sua presença faz uma falta enorme: para além da figura gentil e acolhedora que era, tratava-se de um daqueles sujeitos que tinha, já de moço, a perspectiva da história e o gosto das reminiscências, motivo por que soube desde cedo aproveitar ideias que os jornalistas nem sempre percebem como importantes. Exemplo: em 1948, se lançou a Santana do Livramento entrevistar uma senhora de 93 anos que tinha conhecido, adolescente, naquela cidade, ninguém menos que José Hernández, o autor do *Martín Fierro*, clássico escrito em parte ali mesmo, na fronteira brasileiro-uruguaia. Seu faro histórico o fazia igualmente detectar valores no presente. É o caso de uma extensa reportagem que faz, no calor da hora de 48, sobre os jovens gravuristas de Bagé, terra que, segundo o bem-humorado mas nunca nihilista Reverbel (o nihilismo é uma das flores fáceis do jornalismo cultural, garantindo sucesso junto aos impressionáveis e aos tolos de todos os tempos mas improdutivo a longo prazo – o prazo mental com que Reverbel e os bons trabalham), seria uma das mais improváveis para a eclosão de movimento artístico de tipo moderno.

Na crônica propriamente dita, é um dos bambas da língua portuguesa, sem favor algum. Com estilo agradável na linha de Rubem Braga (ou, no campo da memória, de Pedro Nava), brincando com o tema e consigo mesmo, manejando a alta cultura letrada e com a vivência profunda da cidade – especialmente a cidade de Porto Alegre, que ele retratou em detalhes e minúcias a que os amantes do tema devemos agradecer penhorados –, ele soube comentar o miúdo recente, como a estranha mania do "chispa", nos anos 70 do Parcão, tanto quanto o graúdo das questões profundas, em particular as mudanças na paisagem da cidade, tudo sempre tomado de um ângulo capaz de mostrar o ridículo que se esconde na solenidade.

Maragato de família, antigetulista nos anos 30, espantado com o sucesso do Tradicionalismo mas capaz de elogiar a importância das pesquisas de Paixão Cortes; apreciador de intelectuais lusófilos como Gilberto Freyre ou Moysés Vellinho, amigo de Erico Verissimo e admirador de Darcy Azambuja; inconformado com o barulho em Porto Alegre e envolvido sempre com a divulgação das leituras antigas da terra, que ele cultivava com requintes de colecionador de livros e o paladar refinado dos grandes leitores – Reverbel é daquelas figuras que engrandeciam o interlocutor, ao vivo, e fazem o bem do leitor, por escrito. Revê-lo agora, nas páginas da bela edição recente, é um presente sublime.

O patrimônio histórico e um laranja inesperado

Augusto Meyer
(Porto Alegre, RS, 1902 – Rio de Janeiro, RJ, 1970)

Andei furungando materiais relativos à vida de Augusto Meyer, poeta, ensaísta, tradutor, figura de primeiro plano na crítica machadiana. Ele foi companheiro de geração dos nossos Erico Verissimo e Mario Quintana, hoje muito mais famosos do que o próprio Meyer e seus amigos mais próximos, como Theodemiro Tostes e Athos Damasceno Ferreira, que eram relativamente mais famosos nos anos 1920. Na capital gaúcha, depois de sua formação escolar, começa o curso de Direito, sem concluir, e dedica-se à crítica literária e à poesia. Veio a dirigir a Biblioteca Pública, cargo equiparável à atual condição de secretário de cultura estadual, entre 1930 e 37; na virada para 38, mudou-se para o Rio, então capital federal, a convite do grupo getulista, e lá criou e dirigiu o Instituto Nacional do Livro, por quase trinta anos. Foi eleito para a Academia Brasileira de Letras em 1960, mas desde antes figurava no restrito grupo dos intelectuais brasileiros de grande prestígio, no tempo em que o centro era o Rio, não a São Paulo de nossos dias. No todo, o que mais fez na vida foi dirigir essas instituições, como um funcionário político no campo intelectual, afinado com Getúlio desde o sul e sobrevivendo a muitas alterações de mando. Lecionou Teoria da Literatura, irregularmente, no Rio e na Alemanha.

Filosoficamente, era um idealista, no sentido alemão, que com os tempos passou a cultivar um claro ceticismo. Em sua atuação literária, para além de sua poesia (que ele próprio mais ou menos deixou de lado, tendo publicado bastante na juventude, mas depois quase nunca mais frequentando-a como autor) há muita coisa de grande interesse. Nem falemos de seus dois volumes de memória, atualmente circulando num mesmo volume do Instituto Estadual do Livro (*Segredos da infância* e *No tempo da flor*), excelentes documentos da história cultural e afetiva de Porto Alegre no começo do século XX. Em crítica, lidou com dois mundos, em paralelo: de um lado, dedicou-se bastante ao mundo gaúcho, ou melhor, gauchesco; de outro, publicou ensaios sobre literatura ocidental, na qual inscreveu Machado de Assis – e não foi pouca coisa: Meyer foi um dos mais importantes pensadores de Machado e dos primeiros a mostrar o alcance mundial de sua obra, por exemplo cotejando-o com Dostoiévski, comparação em que foi pioneiro estrito.

Já no campo local, publicou estudos sobre cultura e literatura sul-rio-grandense (em *Prosa dos pagos*) e sobre folclore e poesia popular; acima disso tudo, chancelou a primeira grande edição de Simões Lopes Neto, pela Globo, em 1949. Sobre esse tema, pode-se dizer que Meyer matou quase totalmente a charada do acerto de Simões Lopes Neto. A pergunta que se pôs: o que aconteceu com a narração dos *Contos gauchescos*, que alcançou um patamar literário antes inédito? "O que me parece extraordinário no seu caso – diz Meyer – é o problema de estilo que conseguiu resolver", mediante "o cuidado em reconstituir o timbre familiar das vozes" e a "unidade psicológica".

Para o leitor de hoje, nada a estranhar; mas para a geração e a origem cultural dele, há nisso uma interessante combinação. Era descendente próximo de imigrantes germânicos, tendo um tio intelectual importante (Emílio Meyer, professor em Porto Alegre), mas em sua geração essa origem estava já de algum modo integrada ao mundo dos descendentes de estancieiros e de gaúchos humildes, tudo isso confluindo na configuração da identidade gaúcha. Nas primeiras linhas de suas memórias, Augusto Meyer faz um relato dessa integração, numa história, meio fantasiosa, da incursão de sua bisavó, colona da terra, Maria Klinger, que demanda a cidade para buscar a justiça que até ali falhara, no reconhecimento da morte de seu marido, bisavô de Augusto, falecido em combate na Guerra dos Farrapos. É nosso homenageado quem diz, em referência ao bisavô morto: "Do teu fracasso, em compensação, resulta um neto de Farroupilha".

A história que desencavei ocorreu antes de sua subida ao Rio. Ao longo do ano de 1937, vivendo em Porto Alegre ainda, Augusto Meyer foi contratado como funcionário à distância de uma instituição muito importante nos anos vindouros: o Serviço de Proteção ao Patrimônio Histórico e Artístico Nacional, o SPHAN. Sua criação deve muito a Mário de Andrade, mas o comando esteve com Rodrigo Melo Franco de Andrade, mineiro, também escritor, amigo de Carlos Drummond de Andrade, que então era chefe de gabinete do ministro da Educação, Gustavo Capanema. Mário de Andrade era em São Paulo o que Augusto Meyer era em Porto Alegre: encarregado de verificar em sua região quais eram os prédios que mereciam proteção, o chamado "tombamento", que, ao contrário do que o nome parece indicar, significa inscrição num cadastro para que nunca seja destruído. (O nome vem da Torre do Tombo, em Portugal, mais uma vez propício à piada.)

Pois bem: um trabalho recente, de Laura Regina Xavier, estudou as cartas de Rodrigo Andrade a Augusto Meyer, ciosamente preservadas por este e doadas pela família ao acervo da Fundação Getúlio Vargas, no Rio. Neste trabalho, a folhas tantas, me deparo com o Brasil profundo.

Não, não se trata da profundidade que pode ser reconhecida nas relíquias edificadas que o SPHAN ajudou a preservar – Meyer foi quem indicou as Missões para a preservação, salvando o que restava daquela impressionante experiência humana, assim como entesou na necessidade de evitar que a velha igreja matriz do Rio Grande viesse ao chão, como queria o bispo gaúcho da época. O que deu para ver foi a profundidade do jeitinho brasileiro.

    O caso era o seguinte: Augusto Meyer era já funcionário estadual aqui, na Biblioteca Pública, e seu trabalho para o SPHAN era uma coisa eventual, sem salário fixo, de maneira que sua remuneração era feita com pagamentos e recibos a cada tanto. Mas havia problemas formais: o SPHAN mandava também alguma grana para despesas, como as que Meyer precisou fazer para levar o jovem arquiteto Lúcio Costa às Missões, primeira parte do processo de tombamento do que restava daquelas ruínas. (Nos anos 1950, Costa seria o responsável pelo plano urbanístico de Brasília, como se sabe.) E aqui a porca torceu o rabo: era preciso ter recibos para as despesas, para prestar contas ao mundo burocrático, como até hoje.

    Não cabe nessas poucas linhas uma crítica completa ao controle burocrático brasileiro. O caso é que a burocracia é rigorosa no acessório, enchendo o saco dos pequenos, e muito tolerante no essencial, quando se trata dos grandões. Se alguém ganha 25 reais do tesouro para pagar uma despesa funcional, pode crer que terá que ter papel para justificar o gasto – e se falhar na prestação de contas vai se incomodar muito. Mas os tubarões, bem, eles o senhor sabe.

    Naquela correspondência, podemos acompanhar o drama de Meyer, que precisa arranjar recibos para justificar gastos óbvios; da parte de Rodrigo Andrade, a mesma coisa: a cada nova carta lá está ele apertando seu amigo Meyer para que não esqueça os recibos e tal. E aqui entra, inusitadamente, Mario Quintana.

    Numa das cartas, lemos o seguinte:

Rio de Janeiro, 11 de novembro de 1937.
Meu caro Meyer.
Embora supondo que esta carta não o encontre em Porto Alegre, pois você deve ter tido pressa em seguir com o Lúcio para a região missioneira, escrevo-lhe para a sua Biblioteca, a fim de comunicar que só ontem pude lhe remeter a importância correspondente aos seus vencimentos do mês de outubro, pela circunstância de não ter senão anteontem recebido o adiantamento relativo ao último trimestre do ano.

[...]

Peço a você com muito empenho o favor de não deixar de me pôr ao corrente da marcha dos estudos do Lúcio, nem do que vocês forem deliberando com relação às obras. Peço-lhe também a bondade de me remeter o recibo de seus vencimentos de outubro e outro correspondente aos 500$000 que lhe expedi para as despesas de viagem, o qual terá de ser assinado pelo Mario Quintana ou alguém que você julgar mais conveniente, nos termos da minuta inclusa.
    Um abraço apertado
                   do
                Rodrigo

Deu pra entender? O presidente Rodrigo pede logo os recibos, e não importa que sejam verdadeiros – é claro que Augusto Meyer tinha gasto o dinheiro exatamente nas tarefas devidas, aluguel de carro, pagamento do motorista e ao fotógrafo, comida, etc. O que importa é que haja algum papel, para satisfazer o fiscal burocrático. O escolhido casual foi Mario Quintana, que já tinha feito o papel antes.

    Aqui é preciso explicar para o leitor de hoje: em 1937, Mario Quintana não só não era famoso como nem havia sido publicado. Seu primeiro livro é de 1940; seu sucesso nacional, o momento em que também aqui em Porto Alegre ele passa a ser reconhecido como um poeta válido, é apenas o distante 1966 – o senhor não está delirando não, nem eu: até 1966, aos sessenta anos de idade, Mario Quintana era reconhecido como poeta apenas por alguns amigos, contando até então com edições acanhadas, de circulação provincial. Como também se sabe, por esses anos de sua vida Quintana padeceu, por longos anos (mais de vinte, conforme ele mesmo diria: "Eu não bebia, apenas tomei um porre que durou vinte e cinco anos"), da terrível doença do alcoolismo, e por essa característica ele era comentado: tratava-se de um talentoso tradutor, de um poeta promissor, mas, que pena, era um perdido, que amigos ajudavam a voltar para casa em fins de noite do velho Centro de Porto Alegre.

Foi depois de 66 e de seu reconhecimento no Rio – lá foi publicada uma antologia por editora carioca, e um poema seu foi lido na Academia por Manuel Bandeira, mais uma vez por iniciativa de seu velho amigo e conterrâneo Augusto Meyer – que Quintana ganhou título de porto-alegrense honorário e passou a assinar coluna no antigo *Correio do Povo*. Depois, a fama, como poeta sensível e como velhinho de humor corrosivo.

Antes disso, antes de seu primeiro livro, o que fazia ele? Fazia um favor para seu amigão Augusto Meyer, assinando recibos fajutos para burocrata ver. Nada mais Brasil do que isso: um grupo de talentosos artistas precisando operar na sombra para fazer as coisas corretas que precisavam ser feitas.

A memória de outro modernismo

THEODEMIRO TOSTES

(TAQUARI, RS, 1903 – PORTO ALEGRE, RS, 1986)

Uma nefasta voga de subordinação mental, que começou faz tempo e dura ainda hoje pelo país afora, tem impedido sucessivas gerações de brasileiros de apreciar livremente a variada experiência modernista que o Brasil foi capaz de produzir. A regra ainda é a de entender "modernismo" como o que ficou consagrado pela interpretação paulistana das coisas, interpretação que centraliza, quando não absolutiza, as figuras de Mário de Andrade e, em ponto menor, Oswald de Andrade: "modernismo" passou a ser o que eles fizeram; "modernista" ficou sendo a visão deles acerca da arte e do país. O resto é, ainda hoje, para desespero de uns poucos insubordinados, apenas paisagem.

O problema é que o "resto" é muito: são as notáveis práticas de modernização estética que não as paulistanas, como a radical inventividade de Machado de Assis na narrativa, as ousadias de texto e de assunto na prosa de João do Rio ou no ensaio de Euclides da Cunha, o grande revigoramento temático e estilístico na narrativa de tema rural de Simões Lopes Neto, a delirante mas significativa busca de uma linguagem nova para expressar o susto diante do mundo novo decifrado pela ciência como se lê no desesperado Augusto dos Anjos. Tudo isso é modernização, sim senhor, e só não ganha tal nome porque a visada paulistocêntrica privatizou a palavra "modernismo", especialmente na segunda metade do século XX, relegando todas as novidades acima mencionadas, quando muito, ao desconfortável (e rebaixado) nicho de um "pré-modernismo" que, na prática, resulta em um irreversível abafamento de tais obras e autores, rebaixando-os a coisa menor e com isso, pela força dessa visada – que manda no sistema universitário e por aí manda no sistema escolar de ensino de literatura –, quase impedindo sua leitura, por deixá-los de fora dos manuais escolares por exemplo, se é que não os enterrou mesmo, de vez.

E nem falamos dos modernizantes poetas e prosadores que apareceram no cenário na segunda e na terceira década do século passado, gente que tinha afinidades mais ou menos intensas com os simbolistas, e também com alguma das propostas vanguardistas, aqui e ali irônica, muitas vezes cética ao limite do inconcebível, todos eles muito longe do paradigma parnasiano – mas também bastante afastados do modelo triunfante apresentado em São Paulo, modelarmente na figura de Macunaíma, que corresponde a uma imaginação do Brasil por São Paulo (por Mário de Andrade em particular), mas não corresponde ao modo como se pensava o país em outras partes, por exemplo aqui no Sul.

Claro que tal hegemonia paulistana tem razão histórica de ser, e não seria este comentarista aqui, que faz questão de levar seriamente em consideração a base material dos produtos sutis como os da arte, um irresponsável que esqueceria isso. É que o estado de São Paulo passou a dominar a economia do país como um todo e teve o descortínio de promover uma verdadeira ocupação política dos espaços de produção da inteligência e da arte no Brasil: a elite paulistana não apenas custeou a Semana de Arte Moderna, mas também bolou e financiou a mudança no plano intelectual – quando toda a (escassa) universidade brasileira dependia diretamente do governo federal ou capengava para viver de alguns cofres estaduais, São Paulo, com a renda do café, bancou em grande estilo uma universidade com vocação superior, a atual USP, com desejo de reordenar o pensamento brasileiro, com a volúpia de reinterpretar o país todo –, desejo e volúpia que alcançaram concretização. Nesse processo, o que era um episódio vanguardista no Brasil, aquela Semana de 22 na cidade de São Paulo, se tornou o paradigma único do modernismo como um todo. E as províncias, assim as geográficas como as mentais, com o tempo aceitaram a dominação, que antes era econômica, também no plano ideológico, especificamente no ramo da ideologia que se chama estética, com suas divisões em criação literária e crítica literária, entre outras que aqui não interessam muito. E chegamos ao tempo de agora, em que ou o sujeito é abençoado por São Paulo, concordando com sua visada modernista, ou pode tirar seu cavalo da chuva.

Essa pequena fúria em forma de introdução histórica tem a função de clamar pela correta apreciação da obra de Theodemiro Tostes, gaúcho de Taquari, nascido em 1903, que foi poeta, cronista, tradutor, profissionalizou-se como diplomata, vindo a servir em várias partes do Ocidente, e faleceu em 1986, na Porto Alegre em que havia vivido sua juventude.

Era necessária aquela briga toda? – perguntará o leitor menos afeito ao debate crítico. Não, se o caso fosse manter Tostes e outros tantos modernistas brasileiros em sua posição quase ridícula de um longo, indefinido e interminável "et alii" nos compêndios de literatura brasileira; mas sim é uma briga necessária, imprescindível, se o caso for o de tentar ler sua obra com olho capaz de enxergar seus méritos específicos para além do paradigma modernistólatra paulistocêntrico. Não se trata de choradeira que apenas faz medir a distância entre o modernismo sulino e o modernismo paulistano, este tomado não como um episódio, que foi, mas, tolamente, como se fosse a Verdade revelada. Essa velha e (espero gostaria que) ultrapassada ideia acaba por ridicularizar mesmo os vários modernismos brasileiros, e particularmente aquele ocorrido na capital gaúcha; trata-se de uma ideia ultrapassada mas que ainda tem que ser enterrada, com uma estaca crítica no coração: deve ser analisada com detalhe, dissecada, para que, ao se desvendar seu DNA, as gerações futuras saibam ler mais limpamente os autores que, cada qual à sua maneira, contribuíram para a longa, fascinante, multifacetada jornada de modernização da literatura brasileira. Jornada na qual nosso autor, bem como vários de seus contemporâneos e conterrâneos, teve papel que merece consideração.

Theodemiro Tostes acompanhou o movimento geral de sua geração, de seu modernismo peculiar, que brotou numa Porto Alegre que se modernizava fortemente nos anos 1920. Junto com gente mais e menos famosa (pelos motivos acima apontados, é bom dizer), como Ernani Fornari, Felipe de Oliveira, Augusto Meyer, Athos Damasceno Ferreira e outros (gente em cuja companhia conviviam outros, que sobreviveram mais nitidamente, Erico Verissimo, Dyonélio Machado e Mario Quintana, para não falar de músicos como Radamés Gnattali, Sotero Cosme e Luís Cosme), ele encontrou sua afinidade poética no Simbolismo, estilo literário e modo de pensar que encantou a muitas das melhores sensibilidades daquele tempo, aqui e em várias partes (mas não em São Paulo, falando nisso). Seus poemas iniciais foram escritos com aquela busca mais ou menos desesperada pela Forma, que se vale da Palavra em conluio com a Música, tudo em maiúsculas, como entidades absolutas que pareciam àqueles moços, talvez, uma saída espiritual adequada tanto para o acanhamento da vida provincial, de horizonte mais curto do que eles gostariam – eles que eram todos francófilos de carteirinha e desejavam Paris como a uma fêmea –, quanto para as agruras que o flamante século XX lhes impôs, como o automóvel, o bonde elétrico, a chaminé fumarenta, a solidão da vida urbana que nenhum telefone rompia.

Também como outros de sua geração, Tostes migrou dessa posição, que, repito, era estética mas também ética, para uma das tantas vertentes do modernismo – da modernização, talvez fosse melhor dizer –, novidade que veio junto com as máquinas e a velocidade mencionadas. Não era o modernismo agressivo, nem o jocoso, mas também queria o verso livre, o tema extraído da vida real diária, o vocabulário da propaganda e da indústria. E é certo também que nunca se impôs, a ele e a seus pares, o lado localista, especificamente gaúcho, próprio de quem, como eles todos, se sentia de alguma forma comprometido com o destino da vida do Rio Grande do Sul; se em sua obra (e na de Augusto Meyer, por exemplo) aparece aqui e ali alguma coisa da experiência rural, é como um elemento entre tantos, sem primazia.

É ele mesmo quem diz, em um dos tantos textos de interesse que o presente volume reproduz: "Do simbolismo, com seus repuxos, seus jardins de infanta, seus luares, os poetas novos passaram a olhar a paisagem verde que os cercava e a captar os ritmos virgens que andavam dispersos pelo ar". Era a conquista da possibilidade de falar do local mas de modo livre, sem travas; liberdade que Tostes assim descreve, escrevendo, é bom lembrar, em 1973, tempo dos jovens que eram cabeludos por contestação de costumes: "A gente fazia com versos o que os rapazes de hoje fazem com os cabelos"...

Foi um período de grande interesse, que teve a sorte de contar com uma geração de escritores de talento claro, mas pouco lidos –, desculpe a insistência –, por deficiência de nosso aparelho de leitura, que não sabe dar espaço e valor para quem não cante pela cartilha paulista. O leitor mesmo vai ver, ao percorrer as páginas seguintes, o quanto havia de vida inteligente, em parte transformada em literatura, naquela Porto Alegre da geração jovem da década de 1920, experiência do autor fixou num livro memorável, *Nosso bairro*, de memórias daquele tempo e daquela gente.

Uma prova a mais está no volume intitulado *Bazar*, lançado em 1931: ali se reúnem crônicas e contos de Theodemiro

Tostes, textos ainda agora vivos, de leitura corrente, que nos devolvem àquela cidade e daquele horizonte mental da geração – gente cantando "Jura", grande sucesso de Sinhô, o primeiro sambista a considerar-se como tal; gente ouvindo jazz ou tango; mulheres modernas querendo emancipação; casais de gente do povo se encontrando e tentando encontrar a língua do amor; a linguagem das ruas, nos pregões dos vendedores e nas gírias suburbanas, junto com retratos de prostíbulos, de bodegas singelas, de botequins da cidade; a cidade impessoal, moderna, cosmopolita, que se erigia por dentro da velha cidade provinciana. É pouco? Não é, é muito, e felizmente está acessível, em edição do valoroso Instituto Estadual do Livro de 1994 e organização de Tania Carvalhal, com uma perfeita apresentação de Carlos Reverbel.

Tostes, aposentando-se do serviço diplomático por volta dos 60 anos de idade, viveu ainda em Porto Alegre por uns vinte anos, com tempo para recompor sua obra, para quem sabe buscar leitores... E no entanto não aconteceu nada disso em seu período de vida: nem sua extensa rede de relações pessoais teve tino para reeditar a obra, nem a cidade moderna dos anos 1960 e 70 soube ver o quanto de bom e digno havia naquelas publicações de umas décadas antes; seus livros de poesia, suas crônicas dos anos 30 e sua poesia voltaram à circulação a partir de 1988 (em edições da Fundação Paulo do Couto e Silva). O que sim aconteceu foi que Tostes, neste período da aposentadoria, escreveu, para o antigo *Correio do Povo*, artigos e ensaios, alguns de pura memória, outros de comentário sobre atualidades, outros ainda versando sobre escritores de sua eleição, particularmente estrangeiros, de cuja obra ele oferecia uma pequena mostra, traduzindo algum poema ou trecho em prosa, do Francês, do Inglês, do Alemão, do Espanhol, do Italiano.

Em 2009 foi lançada a coletânea *Theodemiro Tostes – Porto Alegre, modernismo, poesia, memória*, com organização de Tania Carvalhal (edição IEL/EDIPUCRS), uma coletânea da produção madura de um escritor de bons méritos, que viveu a experiência modernista numa das pontas do país e que depois correu mundo, para aportar na capital gaúcha no fim da vida. Aqui, o leitor vai saber, por exemplo, de um interessante comentário de Guimarães Rosa, diplomata como Tostes, acerca de Simões Lopes Neto; vai conhecer detalhes de quase todos os escritores brotados no Sul na geração do autor e um pouco antes – João Sant'Anna, Augusto Meyer, Athos Damasceno Ferreira, Victor Silva, Eduardo Guimaraens, Aparício "Barão de Itararé" Torelly, Álvaro Moreyra, Erico Verissimo, Roque Callage, Raul Bopp, Dyonélio Machado e outros –; vai relembrar detalhes da formação desse pessoal todo, particularmente a memória da vivência boêmia e literária dos anos 1920 porto-alegrenses, o que inclui lembranças das instituições em que se formaram, como o Theatro São Pedro e a velha Biblioteca Pública, ao lado da revista *Madrugada* e dos bares em que matavam a sede e cultivavam a inteligência; e vai passear por boa parte da literatura culta e vanguardista da primeira metade do século – James Joyce, Alfred Jarry, Rilke –, mais os clássicos de eleição de Tostes, como Blake, Walt Whitman, Camões, Eça.

    Não é pouca, assim, a vantagem de conhecer o texto de Theodemiro Tostes. Além das virtudes de fixação da experiência local, meditada à distância de algumas décadas, há o gosto por seu texto em si, bem articulado, agradável, inteligente mesmo quando marcado por algum conservadorismo. Será uma viagem que só os escritores de valor conseguem proporcionar – e, se o leitor mantiver em mente a bronca desta apresentação, será uma nova oportunidade para medir o quanto perdemos em não ler melhor, mais livremente, mais proficientemente, os vários modernismos que o Brasil teve mas que hoje são sonegados, no presente caso o modernismo que Porto Alegre deu à luz na palavra de Theodemiro Tostes.

Herdeiro e inventor

Caio Fernando Abreu

(Santiago, RS, 1948 – Porto Alegre, RS, 1996)

Tem coisa mais moderna do que relato ficcional que mistura depoimento com invenção, a suada vida real com o ameno sonho de amor? Tem coisa mais de nossos dias do que o conto estilhaçado, a frase embalada ao andar da consciência, o enredo a meditar sobre a falta de alternativas para as almas sensíveis neste vale de lágrimas a que não falta, de vez em quando, uma festa daquelas de consumir toda a energia? Em matéria de literatura, ainda não acabou o reino dessas marcas, nem em livro de papel nem nos blogs etéreos, onde aliás abundam as frases de efeito, com cara de resumo de filosofias complexas ou máximas sobre como encarar a turbulenta vida.

Por outro lado, tem pouca coisa mais antiga do que escrever cartas à mão, enviar e esperar para receber resposta, à mão ou em máquina de escrever mecânica. E do que colecionar as cartas enviadas e recebidas, práticas vencidas pela voragem da internet. Entre as artes ligadas à palavra, talvez não haja nenhuma menos propensa ao novo e ao imediato do que o teatro real, com atores, diretor e texto.

Agora digamos que o leitor fosse convidado a mencionar um nome representativo para os dois campos, um só nome de escritor, que reunisse a condição de contista marcante de nosso tempo, segundo aquelas especificações do primeiro parágrafo, com a de missivista e dramaturgo com cara de século XIX, conforme descrito no segundo parágrafo. Nessa hipótese, lhe ocorreria o nome de Caio Fernando

Abreu? Tem cabimento pensar nele como um herdeiro das práticas quase fenecidas da carta e do teatro de autor e, simultaneamente, como um desbravador da ficção confessional meio *beat*, meio *hippie*, no clima do que se chamou certa de vez de pós-moderno?

Pode não estar claro para todos e para sempre, mas parece cada vez mais certo que na história recente da literatura brasileira ocupa esse destacado lugar a obra de Caio, gaúcho nascido em 1948 na remota cidade de Santiago, perto da Argentina e, se quiser, vizinho de Restinga Seca, terra de outro gênio indomável, o pintor Iberê Camargo. De família classe média urbana, Caio poderia ter gasto seus dias na singeleza da cidadezinha, mas resolveu ver o mundo de perto, e aos 16 anos vai fazer em Porto Alegre seus estudos secundários. Começa a escrever a sério, com mais chance de publicação – tinha já um romance em miniatura escrito aos 12 anos, incentivado por um bom professor de Português, mas é em 1966 que envia um conto para a então moderníssima revista *Cláudia*, e é publicado. (Frase final do romance dos 12 anos, dando fecho a uma coleção ingênua de clichês: "Mais atrás vê-se a silhueta de dois jovens abraçados, parecendo uma promessa de esperança e fé no futuro".)

Em 1968, ano-chave de sua geração, está cursando Letras na Universidade Federal do Rio Grande do Sul, na capital gaúcha, onde também começa a estudar Arte Dramática (não conclui nenhum dos cursos), quando resolve arriscar mais umas fichas na sorte, inscrevendo-se em uma inédita seleção nacional para jovens candidatos a jornalista (não se havia inventado a nefasta obrigatoriedade de diploma específico), que se dessem sorte iriam trabalhar na primeira revista semanal brasileira de notícias, em moldes norte-americanos, a *Veja*. Passou no teste e tomou o ônibus para a metrópole brasileira. Tudo considerado, tinha transitado da pequena

cidade parada para o vivo olho do furacão moderno em muito pouco tempo. Faltava fazer a digestão dessa vertigem.
1968 deu ao mundo o "É proibido proibir" do Maio Francês, o "Por que não?" da Tropicália e o troglodita AI5: o máximo da energia libertária trombou com o máximo da força repressora, numa pororoca difícil de imaginar para as novas gerações, que felizmente podem dizer o que pensam e aprendem com a mãe e o pai a usar pílula anticoncepcional (que começou a circular no Brasil em meados dos 60 e era coisa raríssima) e camisinha (que era palavrão, proibido em qualquer casa). 1968 deu também a experiência paulista de Caio, que logo precisa se afastar do emprego por temor à repressão, indo refugiar-se em Campinas, no sítio de Hilda Hilst, companhia que acrescenta à sua história novos elementos: a literatura de grande exigência e pouca comunicação, o isolamento voluntário, o misticismo de variada orientação. Caio nunca mais renegaria estes dois últimos elementos, mas sua literatura buscaria desesperadamente o coração do leitor.

Leitor que custou a chegar. O primeiro livro solo tinha o ar sombrio da juventude que se dissipava em negatividade, a contar do título, *Inventário do irremediável*. (Quando revisou o livro, no futuríssimo 1995, o maduro Caio inventou um esperançoso hífen, passando o adjetivo a *ir-remediável*.) Teve alguma leitura na época, mas nada de muito notável; para acompanhar o sofrimento que atormentou o escritor enquanto seguia sua carreira e os leitores não apareciam, basta abrir a ótima coleção de cartas organizada por Italo Moriconi. Entre os poucos leitores que teve estava sua até então musa, deusa, nume tutelar, medianeira Clarice Lispector, a quem um jovem e tímido Caio entregou um exemplar, passando depois uns momentos com ela, o suficiente para verificar o estrago da queimadura de que ela fora vítima e para confirmar ao vivo a impressão de poderosa estranheza que sua literatura causava. Por muito tempo ele viveu atormentado com a força da literatura de Clarice sobre sua própria criação.

Caio contou com o acaso de ser companheiro de viagem de uma geração inteira de novos escritores no Brasil, majoritariamente dedicada ao conto, toda ela chegando ao prestígio e ao sucesso nos anos 70 – foi quando brilhou o talento de gente mais velha, como Dalton Trevisan (nascido em 1925), Rubem Fonseca (1925 também) e Wander Pirolli (1931), que estouraram junto com os já adultos Ignácio de Loyolla Brandão (1936), Ivan Ângelo (1936), Moacyr Scliar (1937), João Antônio (1937-1996), Sergio Faraco (1940), Sérgio Sant'Anna (1941), e a garotada como João Gilberto Noll (1946) e Mário Prata (1946). Forma narrativa breve, tão breve quanto a canção que naquela altura tomava corações e cérebros das novas gerações; forma capaz de caber na página do suplemento literário, o conto revelou-se suficiente para alcançar e impactar o jovem leitor, apressado entre o horário do serviço e o da televisão, a nova obrigação da classe média em matéria de informação e lazer, o mesmo veículo, por sinal, que seria responsável por sufocar o teatro de que Caio tanto gostava.

Pelo que contam seus amigos mais próximos, sua própria crônica, seus contos e sua farta correspondência, Caio viveu testando os limites da vida com a morte, em suas variadas modalidades. Menino, escrevia para a mãe relatando sua vontade de desistir do colégio em Porto Alegre; jovem, enveredou por caminhos que sua geração julgava adequados para chegar ao conhecimento, como a droga, que uma temporada na Europa lhe proporcionou à grande; adulto e reconhecido, transou todas, as boas e as ruins, sem perder o tom, feito a Chiquita Bacana; nos últimos tempos, descobrindo-se portador do HIV, cogitou da morte física, tentou o suicídio mas viveu o suficiente para mais uns *rounds* com aquela que Machado de Assis chamou de "a Desejada das Gentes".

Naturalmente tudo isso se pode ler ao contrário, em chave positiva, identificando nessa frequentação do Proibido e do Além um desejo insano pela vida, desde que intensa e significativa. Em uma carta de dezembro de 1979, ele comenta, zen, para um amigo: "Não há última esperança, a não ser a morte. Quem procura não acha. É preciso estar distraído e não esperando absolutamente nada. Não há nada a ser esperado. Nem desesperado".

Neste clima de sabedoria encharcada de melancolia ele alcançou um sucesso inusitado. Depois de rodar por várias redações, no Rio, em Porto Alegre e São Paulo, incluindo, no fim dos anos 70, a marcante revista *Pop*, Caio acerta uma comunicação forte com seus leitores, com *Morangos mofados*, outro livro de contos, lançado em 1982, espécie de coroamento do conto setentista e antecipação do que ninguém ainda sabia que viria, nem como viria, mas que veio. Quem o leu era menos a gente de sua geração e mais, muito mais, a garotada que sofria os últimos anos da adolescência naquele país que ouvia uma nova geração de roqueiros, que havia aclimatado a invenção anglo-norte-americana para as latitudes brasileiras, por exemplo Cazuza, geração que lutaria por Diretas-Já (campanha ocorrida em 1984), mas sem a ilusão sessentista de que logo depois das urnas estaria a cara redentora do destino.

O resto poderia ser apenas história decorrente do sucesso. Mas não foi: Caio seguiu um inquieto até o fim da vida. Tendo conquistado uma extraordinária fluência no conto e na crônica, voltou ao romance e ao teatro e mesmo, de vez em quando, à poesia, sempre tentando impor à linguagem o ritmo da respiração vital – e conseguiu este efeito, mais que nas demais formas, no conto, em que alcançou um à vontade admirável, misto de fluxo de consciência com diálogos exatos, com elipses na hora precisa, para deixar o personagem respirar sozinho e assim viver na imaginação do leitor, tudo temperado com visão aguda, desolada e amorosa lançada sobre a Cidade Moderna, os Relacionamentos, o Corpo, a Gente. Tem também humor, mas não é tão claro, nem tão universal. Lendo suas cartas, o leitor entrevê a carga de ironia, blague e sarcasmo que atravessa tudo, especialmente ao tratar das questões relativas à sexualidade: nessas conversas escritas para amigos, Caio brinca consigo e com outros, a léguas da atitude atormentada que lemos nos personagens de seus contos. Humor também, de fina qualidade, se encontra em *As frangas*, narrativa infantil que, entre outras coisas, confirma o esmaecimento das fronteiras entre ficção e realidade que foi marca de sua literatura, a ponto de lá pelas tantas o narrador dizer para o leitor que, se tiver dúvidas sobre as frangas que ali estavam sendo apresentadas, ligue para um determinado número, que era o telefone *real* de sua família, em Porto Alegre.

Traduzido para as línguas mais prestigiosas do Ocidente, ele mesmo tradutor do Inglês e do Francês, dedicado estudioso de Astrologia, a ponto de haver montado toda a estrutura de *O triângulo das águas* sobre esta base, Caio jogou sua vida na ideia de ser escritor e realizou uma trajetória notável. Era uma figura pública relativamente conhecida, mas mantinha-se tímido; ao saber de seu HIV, porém, rompeu de vez a barreira entre âmbito privado e voz pública, escancarando sua tragédia, sem apelo sentimentaloide nem concessão culposa: com profunda humanidade. (E, em uma das cartas, com radical humor: "uma bicha realmente contemporânea se apaixona pelo imunologista – psicanalista é *old fashioned*", diz uma, de novembro de 94.)

Caio F – assim ele se assinava, de vez em quando, acrescentando "primo da Christiane". Era citação, brincadeira e provocação: ele também tinha preferido o lado escuro da lua e da vida, ele também mordeu o pão que o diabo assou. Caio F foi um primo triste da Tropicália, foi o lado melancólico dela, talvez melhor dito seu lado existencialista, sem sertão ou coqueiro à beira-mar, que o negócio dele era mesmo a fumaça do automóvel, o avião intercontinental, a noite urbana. Caio F morreu em 25 de fevereiro de 1996, em Porto Alegre; nos últimos meses de vida teve convite para voltar mais uma vez à Europa, mas, sabendo que estava no fim, preferiu rever sua terra natal, a Santiago pampiana e sem peregrinos, com a qual tinha afinidades mínimas mas que era, enfim, o começo de tudo. Preferiu um fim harmonioso, cíclico, a um desfecho de rota errática, interminada. Para nunca mais, para sempre.

Sem encontrar o leitor

Paulo Hecker Filho
(Porto Alegre, RS, 1926-2005)

Paulo Hecker Filho, escritor que por décadas frequentou essa área ingrata que é a literatura, em certo ano lançou uma ponchada de livros, de ficção e comentário, todos pela editora Sulina. Um deles tem o título de *O caráter de Jesus*. Mas antes de falar desse livro será preciso marcar umas coisas. Paulo Hecker ficou mais notável como crítico irado e impiedoso (que ele era mesmo, desde jovem, desde a revista *Crucial*, que liderou) do que como poeta, narrador, dramaturgo e tradutor – tendo sido ele, no entanto, todas essas coisas, em doses mais ou menos iguais. Escrevendo desde a juventude e publicando desde os vinte e poucos anos, é experimentado em tudo o que se possa pensar, na área. Já viu coisas, já palpitou, já comprou brigas, já declarou amores, fez de tudo.

Que livro é este com Jesus no título? Para dizer de maneira breve, trata-se de uma coletânea de crônicas. Mas não é isso, exatamente: é crônica, mas é também poesia própria e traduzida, metida entre depoimentos autobiográficos e análises do fenômeno artístico. Por exemplo: há toda uma sessão sobre dança, esta matéria árida para o florescimento da palavra, do comentário. E o que leu este homem não é pra qualquer um.

É o tipo do livro que não se consegue ler indiferentemente. Não tem como o leitor passar os olhos por qualquer dos textos e bocejar: ou ele acompanha com interesse, ou fecha as páginas, e não sem certa indignação. Porque

Paulo Hecker, que conquistou a várias penas o direito de ser livre para pensar e escrever, não deixa barato nunca. Ali onde a gente esperaria uma suavidade, vem uma aspereza; onde poderia estar um voo panorâmico, um rasante sobre certo detalhe; onde uma platitude, uma observação de grande fôlego; onde poderia haver uma compreensão abrangente, entra um gosto idiossincrático. Em suma: nunca o andamento do modo de pensar e escrever é pacífico ou esperável.

Isso é um mérito. Não tenho dúvidas de que poucos livros tão radicalmente sinceros há como esse. E não é sinceridade de moça ou de jovem impetuoso: é a confissão de alguém que já viu várias bandas passarem. Que ele atinja os cumes da literatura confessional e ensaística brasileira, é discutível. Certamente que no Rio Grande do Sul não parece haver símile: poucos escritores se puseram à tarefa de redigir memórias ou pensatas ou, menos ainda, confissões – o que é lamentável para todos, que ficamos privados de informações e mais que nada de reflexões, se certas ou erradas não importa. E Paulo Hecker, aqui, cumpre esta tarefa: ao comentar qualquer dos assuntos de que trata, está sempre deixando uma réstia de luz incidir sobre si mesmo, e portanto lemos o que lemos o tempo todo com o acompanhamento de uma inteligência e de uma carreira literária que se vão apresentando, ora nas entrelinhas, ora no palco mesmo.

Repito, isso é mérito, e não pouco. Determinado dia, cruzando com o autor no Seminário Outros 500, na Usina, comentei de raspão uma das coisas mais duras que li neste livro, e que serve à perfeição para demonstrar a agudeza do esforço de autocompreensão que ali vai estampado. No texto chamado, perfeitamente, "Pontada no coração", Paulo Hecker relembra sua longeva intimidade com as letras, como leitor e escritor. Evoca em rápida sucessão suas várias facetas, de comentador, de tradutor, de poeta, de dramaturgo, etc. E repete por escrito a pergunta decisiva e cruel para quem escreve a sério: mas e para quem ele escrevia e escreveu e escreve? Diz então: "Não realizei, penso, uma obra literária por falta dessa outra ponta do diálogo, um público. Material e estilo cheguei a ter, podendo fornecer o que o público pedisse [...]. Não pediu, não existiu em escala social, e fiquei dando de mim de modo arbitrário, sem a disciplina que um objetivo, um público preciso daria ao que pudesse fazer".

Quer saber? É preciso ser muito homem, homem muito maduro, homem totalmente em dia com seus carnês e em paz com sua consciência para raciocinar assim tão desabridamente em público. Que alguém venha para o centro do palco confessar umas dorezinhas que em seguida foram substituídas por sucesso, é natural: "Olha, pessoal, eu andei errando aqui e ali, fui incompreendido, mas depois triunfei". Isso é banal. Mas focar o desespero de não ter sido ouvido, de não ter talvez conseguido forjar as condições do diálogo, isso é que é coragem.

Paulo, é o seguinte: este problema pode ser teu, mas é nosso também. Quem consegue ter certeza, em qualquer altura da vida, de haver obtido aquilo que um artista precisa como ao ar que a humanidade respira, isto é, um público? (Lembrança associada: um dos mais magníficos contos jamais produzidos pela humanidade, "O artista da fome", de Franz Kafka.) E quem dentre os escritores, gaúchos, brasileiros ou de qualquer quadrante, poderá dormir em paz depois de ouvir as tuas frustrações expostas assim à luz do dia, sabendo que também ele é um miserável que carece de diálogo? Um comentador de literatura, inglês, chamado Leigh Hunt, disse de Montaigne que ele foi o primeiro sujeito com coragem suficiente para dizer como autor o que pensava e sentia como homem. Paulo Hecker é outro, e a prova é este livro.

Em vida, sofreu muito, mas muito mesmo, com doenças e mortes em família (histórias que são evocadas num romance quase biográfico escrito por um seu amigo de toda a vida, Antônio Carlos Resende – o livro se chama *Dançando com o destino*). Mas também dedicou-se profundamente ao que queria mesmo fazer, que era ler e escrever. Escreveu cartas para meio mundo, inclusive para este redator aqui, de vez em quando para elogiar, noutras vezes para divergir abertamente. Morreu de modo inesperado, aparentando bastante saúde.

Não muito depois de sua morte, em determinado dia estava num sebo do Centro de Porto Alegre; nele estavam expostas para venda, havia algumas semanas, centenas de livros do falecido Paulo Hecker Filho, escritor e leitor que frequentou quase todas as vertentes desse pequeno mas infinito mundo das letras. E ali estavam porque ali tinham sido colocados, naturalmente. Não importa aqui saber quem os colocou; o que importa é que parte substantiva da biblioteca de um sujeito importante, que fez de sua vida um espaço literário, estava ali à venda. Isto é: para ser dispersa, para sempre, para nunca mais.

Paulo Hecker na poesia realizou sua melhor vocação; mas pela profusão e a irregularidade das edições nem esse lado seu fica visível (uma antologia bem concebida fará justiça a seu talento). E leu muito, leu sempre. Seus exemplares estão rabiscados, sublinhados; há casos de livros, que vi lá no sebo, com anotações, correções, comentários ao que lia, tudo isso constituindo uma riqueza que, pelo andar da vida, se perderá, mas que numa biblioteca pública poderia estar reunido, para o leitor do futuro saber como era nosso tempo.

O que mais me doeu foi ver exemplares de livros de poemas dele mesmo, Paulo Hecker: estavam ali, anotados pelo autor, com versos emendados, com alteração de palavras, com anulação de passagens, quem sabe na perspectiva de uma reedição futura, que não houve ainda. É uma pequena vergonha que isso tenha acontecido, não para os indivíduos envolvidos, mas para nós. Já aconteceu algo assim com a biblioteca de Gulhermino César e outros; a do querido Carlos Reverbel era para estar incorporada numa biblioteca pública, mas não deu o ar da graça ainda. Agora a do Paulo Hecker. No meio desses milhões que pagam para trazer artistas descartáveis a todo momento, não sobraria uma meia dúzia de tostões para guardar livros e memórias?

Um intelectual público e republicano

RAYMUNDO FAORO

(VACARIA, RS, 1925 – RIO DE JANEIRO, RJ, 2003)

Vista de altura panorâmica, a intelectualidade brasileira do século XX se divide em duas metades, tanto na cronologia quanto em seu modo de ser: até a Segunda Guerra, era típico o sujeito ser de extração católica, formar-se em Direito, frequentar com intimidade a tradição literária e fazer vida intelectual como *second métier*, depois de garantir o pão de cada dia com um cargo público administrativo ou político; depois da Guerra, passou a ser comum o sujeito ser comunista (ou de esquerda, em sentido amplo), estudar Ciências Sociais, Economia, História ou Letras já na universidade, e fazer vida intelectual dos quadros acadêmicos em sentido estrito, como professor superior, como pesquisador especialista, tendo no mister intelectual a própria sustentação primária.

O traço grosso da divisão, escondendo muitos detalhes e variações, ajuda mesmo assim a pensar no caso de Raymundo Faoro, figura singular na grande constelação intelectual brasileira. Advogado formado na UFRGS, de origem italiana próxima e pesquisador autônomo, Faoro se encaixa perfeitamente no primeiro caso, não apenas por todas as mencionadas convergências com o perfil genérico assinalado, mas também porque não usufruiu das condições universitárias que a geração posterior conheceu. Isso tudo significa que sua obra, verdadeiramente monumental, só se explica por uma obstinada vocação para a vida intelectual – daqueles que se dispõem à aventura e ao risco de pensar em praça pública, colocando nos livros o melhor de seu esforço analítico para entender seu tempo e seu lugar. Do ponto de vista de sua produção intelectual, há pelo menos três momentos a assinalar. O primeiro ocorre na altura de seus 20 anos: em 1949, partilhando da experiência modernizante que foi o Grupo Quixote (que reuniu gente como Sílvio Duncan, Vicente Moliterno, José Paulo Bisol, Paulo Hecker e tantos outros), publica o primeiro de dois artigos que ainda hoje iluminam o cenário, pondo em linha de raciocínio a obra de Simões Lopes Neto, a de Alcides Maya e a de Amaro Juvenal. Em 52, completa o raciocínio, num estudo cujo título tem a força sintética das grandes manchetes: "Antônio Chimango, algoz de Blau Nunes"*. Parece uma provocação, mas é uma tese: a de que o Chimango, figuração satírica do velho Borges de Medeiros, era o burocrata letrado instaurador da ordem republicana moderna, esta a responsável pela morte histórica de Blau Nunes, o gaúcho primitivo.

Cabe sublinhar a singular coincidência: no mesmo ano de 1949, quando Faoro antecipava nestes artigos muito de sua leitura da sociedade brasileira (a perspectiva baseada na noção de estamento e patrimonialismo, não na visão marxista de classe), Erico está publicando o primeiro volume de sua obra-prima, *O tempo e o vento*, isto apenas dois anos depois de aqueles jovens interioranos terem instituído o primeiro de milhares de CTGs. Isso significa que Faoro, por intuição ou por cálculo, acompanha a euforia tradicionalista e a celebração também efusiva da criação do Cap. Rodrigo, mas acompanha criticamente, oferecendo uma leitura ousada, que aproxima a gauchesca sul-rio-grandense da platina (o que na época feria os ouvidos conservadores de um Moysés

---

* Os dois artigos estão republicados, com um comentário de Homero Araújo e deste articulista, em *Breve inventário de temas do sul*, livro organizado por Luiz Roberto Pecoits Targa, com edição da FEE, Editora da UFRGS e UNIVATES, em 1988.

Vellinho, por exemplo) e, no mesmo golpe, punha em ação a primeira leitura rigorosamente historicizante da literatura local.

O segundo tempo de sua atuação é já no plano nacional. Escrevendo em linguagem mais para o Padre Vieira do que para Ruy Barbosa, Faoro, que estava residindo no Rio desde 1951, publica em 1958 sua obra máxima, *Os donos do poder*, cujo subtítulo especifica a ideia geral: *Formação do patronato político brasileiro*. Trata-se de estudo único, destinado de berço à estante dos clássicos nacionais, em que o autor procura na formação do estado português a raiz da organização do estamento dominante brasileiro no poder, onde se eterniza. "O poder [...] tem donos, que não emanam da nação, da plebe ignara e pobre. O chefe não é um delegado, mas um gestor de negócios [...]." Salvo uma eventual guinada na atual lógica do mando, eis aí um diagnóstico que alcança até mesmo o governo de Fernando Henrique, senão mesmo o de Lula.

A época diz muito. *Os donos do poder*, revisto e aumentado para a edição ora disponível, que é de 1973, tem a companhia luxuosa de dois outros clássicos do pensamento brasileiro, ambos não por acaso também denominados "formação": de Antonio Candido (nascido em 1918), sai em 1959 a *Formação da literatura brasileira*; de Celso Furtado (nascido em 1920), sai no mesmo ano a *Formação econômica do Brasil*. Os três são o fruto maduro, o segundo tempo do ciclo "formativo", com foco na problemática da organização autônoma deste país singelo chamado Brasil, os três livros completando o serviço iniciado com *Casa-grande & senzala (Formação da família brasileira sob o regime da economia patriarcal)*, de Gilberto Freyre, 1933, seguido com *Raízes do Brasil*, de Sérgio Buarque de Holanda, 1936, e concluído com *Formação do Brasil contemporâneo*, de Caio Prado Júnior, 1942. Melhor companhia, rigorosamente impossível.

O último grande trabalho de Faoro honra a tradição letrada, gaúcha e nacional, em mais de um sentido. Trata-se de *Machado de Assis – A pirâmide e o trapézio*, estudo publicado em 1974, um extenso levantamento dos modos e da ênfase com que Machado registrou, em sua obra vasta e excelente, os modos de ser da realidade social brasileira. A tese geral do estudo é relativamente acanhada, vistas as coisas do ângulo de hoje: Faoro observa que o autor de *Dom Casmurro* escreve sua obra "na confluência de suas épocas", que é o "encontro de dois mundos": o mundo colonial estamental, que perdia fôlego, e o mundo republicano burguês, que se erguia. O leitor de hoje percorre as páginas do imenso estudo com gosto pela minúcia do registro, mas esperando infrutiferamente por uma interpretação de conjunto que conecte literatura e sociedade para além do registro direto.

Não custa dizer que Faoro parece escrever o trabalho *contra* as leituras espiritualizantes, filosofantes, típicas de sua geração de letrados, que viam em Machado mais o estilista fino e europeizante do que o analista crítico da dominação social brasileira. Assim, faz sentido a obstinação de seu estudo em demonstrar percucientemente o registro feito por Machado de todas as dimensões reais da vida nacional. (Faz sentido e não prospera muito no sentido de uma visada estrutural da obra machadiana. Foi preciso a agudeza de um sociólogo da geração seguinte, Roberto Schwarz, para avançarmos na compreensão do tema, tendo em 1977 – mesma época, portanto – o ponto alto de *Ao vencedor as batatas*. Uma excelente interpretação desses dois trabalhos, o de Faoro e o de Schwarz, se encontra num livro luminoso de Leopoldo Waizbort, *A passagem do três ao um*, que examina a prática crítica dos dois e de Antonio Candido, todos eles com formação sociológica exigente, todos também leitores especializados em Machado de Assis, todos eles finalmente interessados nos métodos e observações de Erich Auerbach.)

Membro da Academia Brasileira de Letras, eleito em 2000, Faoro teve antes disso um papel realmente central na redemocratização brasileira: presidente da Ordem dos Advogados do Brasil entre 1977 e 1979, enfrentou com coragem e discernimento aqueles que queriam manter o regime militar, tendo sido a OAB vítima de atentado a bomba durante seu mandato. Desse tempo em diante, colaborou muito na melhor imprensa brasileira, com artigos e entrevistas, além de atuar nos bastidores aconselhando publicações de primeiro nível.

Tudo considerado, a obra de Faoro dá a impressão daqueles monumentos intelectuais que servirão por muitas gerações aos melhores interesses de conhecimento no país. Agudo na análise, desassombrado no manejo dos dados, autônomo na interpretação, ele lidou com o melhor da literatura para entender a sociedade brasileira. Na luta contra a ditadura militar, seus artigos eram um alento, tão esclarecedores eram das manhas dos donos do poder. Para nós, fica todo este patrimônio, que é público e republicano, além de seu exemplo de dedicação ao mundo árido e de tão pouco reconhecimento que é o da vida intelectual na periferia.

Gramático, linguista, professor

CELSO PEDRO LUFT
(POÇO DAS ANTAS, RS, 1921 – PORTO ALEGRE, RS, 1995)

Por uma dessas coincidências que o acaso sabe armar – Jorge Luis Borges dizia de modo mais bonito: "A la realidad le gustan las simetrias y los leves anacronismos" –, dois debates de grande repercussão envolveram a língua e o ensino de língua antecedendo de poucos dias a passagem do que seria o 90º aniversário de Celso Pedro Luft. Mais importante gramático gaúcho e certamente um dos dez maiores do país em todos os tempos, notável escritor, pesquisador exemplar, professor de várias gerações de professores, Luft nasceu em 28 de maio de 1921, vindo a falecer em 1995. Sua obra circula com impressionante força ainda hoje. Basta percorrer qualquer lista de livros recomendados para ensino e concursos. Ainda em 2010 veio à luz outra obra indispensável de Luft, o *ABC da língua culta*, pela Globo, dicionário que esclarece questões problemáticas do Português com uma erudição a toda prova, mas tratada com leveza, combinação que era uma das marcas de seu autor.

Luft começou a estudar com os Maristas ainda menino e tornou-se Irmão, vindo a sair da Ordem aos 42 anos, já formado, já pesquisador (assinava sua obra com o nome religioso, Irmão Arnulfo), já craque na área. Casou-se então com Lya Fett, sua ex-aluna, e com ela teve seus três filhos, André, Susana e Eduardo. Lecionou em escolas e na UFRGS, basicamente.

Sua atuação profissional transcorreu numa época muito diversa da nossa. De um lado, a extrema rigidez do ensino de Português, impermeável às variações sociais e geográficas, que já aconteciam na vida mas não chegavam à sala de aula. Nesse campo, ele soube ser um excelente gramático, que racionalizou a descrição formal do Português culto. Na universidade, ele começou a trabalhar muito antes de haver ensino regular de pós-graduação, com uma enorme abertura para a pesquisa empírica e inéditas facilidades de financiamento; mesmo assim, seu desempenho foi de primeiríssimo nível, em quantidade e qualidade.

Chegados os anos 70, divulgou-se francamente o estruturalismo, corrente científica de enorme valor para a Linguística. Quem já era formado antes mal prestou atenção a ele; Luft, pelo contrário, correu atrás da informação e transformou-se, de um gramático de corte clássico, num ótimo descritor estrutural da língua. Chegou mesmo a ter alguma intimidade com os primórdios da corrente chomskyana, admirando muitos dos pressupostos dinâmicos que ela trouxe ao debate linguístico.

Vale muito acrescentar que entre 1970 e 1984, ininterruptamente, o professor manteve uma lidíssima coluna no *Correio do Povo*, "No mundo das palavras", hoje um manancial de pesquisa precioso, preservado em seu acervo pessoal, que em 2005 foi incorporado ao excelente Delfos, da PUC. São milhares de colunas, mais 1.500 livros seus e 12 mil fichas de anotações, sem contar cadernos manuscritos e outros materiais, que por certo farão sua merecida glória perdurar por muito tempo.

Jamais vou esquecer de suas aulas, na virada dos anos 70 para os 80, no Instituto de Letras da UFRGS. Nós, alunos meramente iniciantes nos mistérios da linguagem, postos diante de um dicionarista, gramático, consultor, revisor de documentos oficiais dos mais importantes do Estado brasileiro, tudo isso escondido atrás do carão simpático e sorridente de um homem que sempre queria explorar nossa sensação diante dos casos da língua, para melhor aparelhar a sua própria percepção e para melhor explicar-nos as coisas que requeriam explicação. E seu método, que espero ter compreendido para um dia saber usá-lo, funciona como uma verdadeira luz no caminho de quem como ele vive de ser professor. Luft nos recomendava que expuséssemos os alunos aos fatos da linguagem – desde a grandiosa língua executada pelos virtuoses da alta literatura até a precária língua tocada de ouvido e no improviso pelo povo –, tal como um professor de biologia deve expor seus alunos aos fatos da natureza, e que depois buscássemos esclarecer o entendimento dos alunos, partindo do que era conhecido em direção ao desconhecido.

Em seus últimos anos de vida, conheceu mais um giro impressionante: em 1985, lançou um livro polêmico, *Língua e liberdade* (sua obra hoje é toda publicada pela Globo), em que enfrentava o tema que está vivo no debate brasileiro destas semanas, a variação linguística e o ensino. Vale, a propósito, lembrar a abertura de sua conferência na Jornada de Passo Fundo daquele mesmo ano. Passado o microfone ao insigne gramático, que conhecia os meandros da língua como poucos, ele começa com as seguintes palavras: "Pediram para mim falar com vocês sobre língua e liberdade". Diz a frase e faz a pausa dramática. O resultado vem no desconcerto da plateia, composta de professores e alunos de Letras que se policiam muito para dizer "para eu falar". Pois ele toma esse desconcerto e começa sua conferência: "Por que o espanto? Eu falei algo errado?". E começa a discorrer sobre a variante popular do Português, em que é comum acontecer essa construção, "para mim falar", que as pessoas cultas evitam e que a escola, ele sabia e enfatizava, tinha que explicar que não era adequada para ambientes formais, era o que o leigo chama de "errada". Essa história ele contava com grande gosto para seus alunos e colegas, como era meu caso então.

No final do mesmo ano, Luft foi convidado, junto com poucos outros figurões do país, a compor uma comissão de alto nível para discutir o Português. O presidente era Antônio Houaiss, conhecida figura da filologia, membro histórico de um partido de esquerda, o PSB; a entidade se chamava Comissão para o Estabelecimento de Diretrizes para o Aperfeiçoamento do Ensino/Aprendizagem da Língua Portuguesa. Era o começo do governo Tancredo-Sarney, recomeço de vida democrática no país. E lá foi nosso grande professor, para fazer, como seria de esperar, uma ótima figura.

Na volta, ele contou, para mim e para outros, a seguinte história: reunido o grupo, em Brasília, toma corpo uma discussão sobre ensino de língua em função do problema de certo e errado, debate aparentado em mais de um sentido com o que acontece no país em nossos dias. Luft toma a palavra para defender a necessidade de não discriminar os alunos que usassem variantes não letradas; a escola deveria acolher essa realidade linguística, para depois ensinar a variante culta, letrada, sofisticada, à qual todos deveriam ter acesso. A ênfase de sua "defesa do errado", entre muitas aspas, foi combatida por alguns, e uma polêmica se instalou. Então, Houaiss toma a palavra (também ele um tanto contrafeito com as posições avançadas do nosso representante) e diz: "Professor Luft: o socialista sou eu, mas o libertário aqui parece ser o senhor!". Quando relatou essa passagem, os olhos sorridentes de Luft se fechavam, como era seu feitio – de pura alegria.

O retrato

Oliveira Silveira
(Rosário do Sul, RS, 1941 – Porto Alegre, RS, 2009)

Oliveira Ferreira Silveira faleceu, como acontece com todo mundo, algum dia. Cedo demais em muitos sentidos: em idade, mas também em reconhecimento. Não teve tempo de ver sua obra editada de modo conveniente.

Nascido em Rosário do Sul em 1941, ele ganhou este peculiar prenome (uma vez perguntei a ele, não resisti à curiosidade) como uma homenagem de sua família ao médico que o ajudou a nascer, o dr. Oliveira. "Coisa de gente simples", ele ainda acrescentou, em sentida, compreensiva, delicada referência aos seus pais.

Foi um destacado militante do movimento negro, um dos responsáveis pela definição do 20 de novembro com o dia da Consciência Negra, nos anos 1970, em oposição às comemorações ligadas ao dia 13 de maio; foi professor de Português e Literatura; foi uma doce figura, um sujeito sempre de sorriso aberto na cara grande.

Publicou poesia desde a juventude e fez questão de insistir no tema identitário negro, numa constância que dá gosto de ver – lê-se sua obra (reeditada em bom estilo pelo Instituto Estadual do Livro em 2012, sob organização de Ronald Augusto) e se vê que ele realmente empenhou a vida nessa delicadeza que é pensar sobre a condição de gente comum, como o leitor e eu. Se empenhou e chegou lá. Uma das boas marcas de sua poesia é arguir fortemente o mundo gauchesco, tomando como ponto de partida a história real dos negros no Rio Grande do Sul.

Num poema de 1967, chamado "A foto" (está em *Anotações à margem*, editado pela Secretaria Municipal de Cultura de Porto Alegre, 1994, série Petit Poa), a gente lê essa reflexão breve, que vai aqui como homenagem ao grande sujeito que ele foi (e que agora bem que poderia ganhar edição decente).

Que é uma foto de pessoa morta
para quem a conheceu
em vida?
Em geral coisa opaca e estática
e pouco diz de quem foi.

Mas quando menos se espera
pode mudar-se em cor, em movimento,
sorriso, voz, braços que vêm e cingem
e nós ressuscitamos.

Faltei ao encontro

Aparício Silva Rillo
(Porto Alegre, RS, 1931 – São Borja, RS, 1995)

Por duas vezes eu não conheci Aparício Silva Rillo. Já o conhecia de leitura e de audição, em seus livros e discos com parceiros; já sabia de sua destreza na recriação de cenas e figuras do mundo sul-rio-grandense; já tinha conhecimento de sua obra por assim dizer militante, na criação de um Museu em São Borja. Mas não o conhecia pessoalmente.

    E ocorreu que, em 1995, fui convidado por um grande amigo, Luiz Sérgio Jacaré Metz, a conhecer o famosíssimo Festival da Barranca, em que estariam vários artistas talentosos, mas mais que todos, para o Jacaré, o Rillo. "Ele já está meio doente", me disse o amigo, que naturalmente não sabia que ele também sucumbiria à Indesejada das Gentes no ano seguinte. O festival ocorre na Semana Santa, e Rillo de fato faleceu poucos meses depois.

    A segunda vez ocorreu em Porto Alegre, logo depois da Barranca de 95. É que o poeta estava em Porto Alegre, para tratamento de saúde, e o mesmo amigo tentou intermediar uma ida minha até ele. Não que Rillo quisesse me ver; era o Jaca que queria fazer a ponte, porque sabia das virtudes superiores de Rillo em matéria de amizade e queria me beneficiar. Por algum motivo, certamente menor, daqueles que entravam a vida, não ocorreu o encontro.

    E poderia acrescentar uma terceira tentativa do destino em me proporcionar um encontro com o bem-humorado autor de *Rapa de tacho* e de tantas poesias brincalhonas que eu conhecia. Ocorreu que eu fui para São Borja, para um compromisso junto ao curso de Letras da cidade; e logo depois que cheguei na cidade soube que Rillo havia morrido há pouco. Tive apenas um tempinho de ver parte de seu velório e escrever uma nota para a *Zero Hora*. Como de vez em quando acontece na vida de muitos, minhas faltas seguidas me privaram de conhecer ao vivo uma figura que, pelo que dizem todos que o conheceram, foi uma das pessoas mais cativantes e queridas que se pode conceber.

Quem sabe bem dele são seus fiéis amigos e admiradores, entre os quais Luiz Carlos Borges, que por muitos anos acalentou o sonho de musicar todo um conjunto de poemas de Rillo, um livro inteiro chamado, como o CD, que afinal saiu em 2008, *Itinerário de Rosa*, que dá bem uma mostra do valor de Rillo, e de Borges.

A morte de um missionário

Luiz Carlos Barbosa Lessa
(Piratini, RS, 1929 – Camaquã, RS, 2002)

Diga lá o que é que o senhor faria se alguém propusesse os seguintes elementos para a descrição de um hipotético artista: (a) formação em Direito numa faculdade exigente, de aspecto clássico; (b) vinte anos de trabalho bem-sucedido em propaganda na metrópole brasileira do século XX, São Paulo, nada menos que isso; (c) grande habilidade para escrever, praticamente qualquer tipo de texto – romance, conto, peça de teatro, roteiro para programa de televisão, crônica, sem falar na propaganda; (d) vocação sólida para a pesquisa de elementos da cultura popular, com vistas a fixar tradições evanescentes; (e) admirável habilidade para compor canções belas e de fácil assimilação pelo ouvinte.

O senhor não o contrataria a peso de ouro? Claro que sim. O que talvez o senhor não saiba é que esse artista não apenas existiu, como fez exatamente tudo o que está apontado no parágrafo acima, sem tirar nem pôr. E ele se chamava Luiz Carlos Barbosa Lessa. Aliás, dá para pôr muito mais coisas nesta lista. A invenção do Tradicionalismo, por exemplo, junto com pouquíssimos outros. Sua condição de patrono da Feira do Livro de 2000, quando foi devidamente cumulado de afagos e reconhecimento. A autoria do "Negrinho do pastoreio", exatamente aquela toada que todos, no Rio Grande do Sul, sabemos desenhar na garganta.

A criação é sempre misteriosa, especialmente aquela que sobrevive a seu autor. Quando se trata de um artista como ele, que consegue moldar o barro de ele mesmo é feito para com essa matéria trivial fazer um símbolo de toda uma comunidade, a coisa espanta. De onde terá aprendido esse mistério? Barbosa Lessa era ainda menino quando começou a escrever, movido pelos gibis que lia. Gibis norte-americanos, que falavam de um cenário até parecido com o interior gaúcho, só que não eram aqui. Foi seu irmão mais velho que lhe deu a dica: que valia a pena escrever sobre as coisas próximas, palpáveis. O menino Luiz Carlos nem imaginava que aquilo fazia sentido.

Em certa ocasião, quando o entrevistei para uma publicação comemorativa de sua obra, perguntei quem o abasteceu de histórias, inicialmente. Ele disse: "Os contadores de causo, no galpão. Conversava muito com o negro Donato, que era um domador, um negro que contava umas histórias mais ou menos boas, e o meu irmão, e este me deu a direção, indicando no porão da minha vó o almanaque do Alfredo Ferreira Rodrigues". Lessa buscou sua seiva na voz de um velho peão e nas palavras impressas no passado. E foi desta mistura, trabalhada com reverência filial, que nasceu a obra que iria produzir.

Saindo de sua terra natal, foi, adolescente, para Pelotas, fazer o colégio. Lá conheceu gente que gostava do Rio Grande do Sul tanto quanto ele próprio. Fundaram um grupo para cantar. Aí, surpresa: só conseguiram reunir uma meia dúzia de canções legitimamente locais. Daí – Barbosa Lessa dizia isso com candura – ele resolveu se meter a compositor. E saiu nada menos que, entre outras, a já mencionada "Negrinho do pastoreio", além de outro clássico absoluto, a valsinha "Quero-quero".

Já em Porto Alegre, em 47 se torna um dos inventores do 35 CTG, matriz de toda uma nova prática cultural entre nós. Forma-se em Direito, vai para São Paulo, retorna, e desenvolve sua carreira de escritor, começando com um conto na prestigiosa revista *Província de São Pedro*. Foram mais de

50 livros, de ficção, teatro, crônicas, pesquisa histórica e folclórica.

E sabe como é que nós mediremos a permanência do artista Barbosa Lessa? Eu sei: ele estará eternizado a cada vez que uma criatura dessa parte do planeta entoar, ainda que timidamente, e mesmo que sem voz alguma: "Negrinho do pastoreio, acendo esta vela pra ti, e peço que me devolvas a querência que perdi".

Barbosa Lessa era um boa-praça, um sujeito com que dava gosto de conversar, que dava gosto de ouvir, mas nunca foi um expansivo, mesmo quando esteve em maior evidência nos últimos tempos de vida, na homenagem que lhe prestou o estado todo, ao escolhê-lo patrono da Feira do Livro de Porto Alegre, o que o obrigou a uma maratona de entrevistas e fotografias. Mas como autor, não: foi um pródigo, e o que vai permanecer dele será o que deixou plasmado na forma.

Lessa pode dormir o sono eterno na satisfação de quem fez o que precisava fazer, ou fez o que foi possível fazer. Quantos de nós não padecemos do terrível mal que é o descompasso entre o fogo interior, que chama à criação de maravilhas e por vezes dá até a certeza do poder criador, e a cinza exterior, esta que nos devolve a imagem de gente normal, que mesmo pensando e sentindo ainda não fez arte, não alcançou a glória efêmera e possivelmente inútil – a generosidade inútil, na síntese de Carlos Heitor Cony – que se chama arte. Ele não: com ele ocorreu essa feliz e singela confluência entre impulso e realização, numa proporção que interessa lembrar agora.

Tem ele uma obra vasta, mesmo sem contar as colaborações eventuais, as parcerias de ocasião, os artigos e crônicas para jornais, o mar de textos que terá escrito ao longo da vida e que ficaram no mundo apenas cumprindo sua função trivial, pragmática – os textos de propaganda, os roteiros de programas de televisão, as pesquisas sobre cultura popular brasileira, dos vários cantos de nosso vasto país, todos eles enviados aos destinatários na hora em que cumpriam sua função e, por isso, possivelmente irrecuperáveis.

Quando se tratou de escrever sua obra (a meu juízo) maior, ele lançou mão de muita outra fonte, em geral de ordem histórica, para compor painéis em que a informação era submetida a um processamento singular e amoroso, próprio de quem ama seu objeto de meditação. Aí estão *Rodeio dos ventos*, *São Miguel da Humanidade* e *A era de Aré* para provar que sua literatura alcançou grande e futurosa expressividade, que se pode averiguar também na composição musical de Barbosa Lessa. No CD lançado com parte de suas canções, por obra do Juarez Fonseca (que produziu e entregou ao autor a tempo uma cópia – a tempo de ele enxergar a reunião de suas criações e, para dizer de algum modo, abençoá-las antes de partir), e de Carlos Branco, encontramos canções que entraram para o repertório comum dos assobiadores gaúchos, quero dizer daqueles que ao limpar a churrasqueira no domingo de manhã lhes ocorre um fiapo de melodia, que evoca talvez um trecho de texto, fiapo e trecho que entram em ressonância na memória dos afetos e ganham vida sonora em forma de sopro.

Cada um de nós, de fato, tem uma dívida de gratidão para com esse sujeito pequeno, esse grande homem, de sorriso fácil e olhar matreiro, que viveu como que para cumprir uma missão, realizada a contento e com sobras. Nós continuaremos a ler e a assobiar suas criações – e ele, com elas, a nos abençoar.

Imigração alemã e integração social

CLODOMIR VIANNA MOOG

(SÃO LEOPOLDO, RS, 1906 – RIO DE JANEIRO, RJ, 1988)

Aos olhos de hoje, parece muito estranho que os melhores talentos do romance de uma época se dediquem a escrever sobre temas urgentes, temas que comparecem nas manchetes de jornal e que se impõem ao debate do dia. Imagine algo assim como nos dias de hoje, o romancista escrever um romance sobre uma guerra dos Estados Unidos contra o Iraque, em que o personagem principal fosse, por exemplo, um brasileiro que se recusasse a embarcar como militar, para ajudar na ocupação da velha nação da Ásia Menor. Estranho, porque o romance de nosso tempo, especialmente o romance brasileiro, parece ter perdido o apetite pelo debate contemporâneo. É como se o mundo político estivesse a léguas de distância do mundo do romancista, que prefere se comprazer nos enredos localizados do passado, ou nos enredos desmarcados politicamente, tendendo ao lírico.

Agora imagine um romance publicado no calor da hora, da dramática hora em que uma guerra está ocorrendo. Um romance que seja um depoimento e uma peça de ficção, uma reflexão e uma obra de arte, ao mesmo tempo. Um romance que enfrente os riscos de discutir o mundo tal como este se apresenta.

Este romance existiu, aliás existe. Chama-se *Um rio imita o Reno*, e foi publicado em 1939, por Vianna Moog. Aborda o espinhoso tema do racismo germânico, aquele que deu fôlego a uma demência histórica chamada nazismo, personificada em Adolf Hitler. Põe em cena uma comunidade de descendentes de imigrantes alemães no Rio Grande do Sul, na qual uma família está imersa no sonho de pertencer a uma suposta raça superior, tendo como referência aquela sordidez chamada Adolf Hitler, cuja atividade lá na Europa é referência para algumas ações locais cá na América. Desenha a chegada de um engenheiro amazonense a essa comunidade, para dirigir a construção de uma represa que ajudará no combate à podridão das águas, estragadas pela poluição oriunda de curtumes. Mostra como este amazonense conhecerá dificuldades intransponíveis para adaptar-se aos costumes da pequena comunidade.

Clodomir Vianna Moog é um dos grandes talentos intelectuais do país. Nascido em São Leopoldo, de mãe luso--brasileira e pai teuto-brasileiro, faleceu no Rio de Janeiro, onde viveu por décadas. Teve uma vida de grandes lances: de sua formação em Direito, em Porto Alegre, no nada inocente ano de 1930, e de uma posição de funcionário público (fiscal do imposto do consumo), é levado a conhecer o extremo oposto do Brasil, por transferência punitiva, espécie de exílio dentro do país, no Amazonas e no Piauí, pena imposta a ele por haver ficado na posição contrária a Getúlio Vargas no episódio de 1932. Volta a Porto Alegre em 34, e aqui vai dirigir um novo e revolucionário jornal, a *Folha da Tarde*, em que escreve artigos de grande repercussão.

Quando publica seu primeiro romance, já apresentou nada menos que três livros de ensaios: um inacreditável panorama do "humour" em três casos da literatura ocidental – nada menos que Petrônio, Cervantes e Machado de Assis –, chamado *Heróis da decadência*, obra de fôlego acadêmico e enorme qualidade, escrita naquele período de exílio, junto com *O ciclo do ouro negro*; e, em 1938, já em Porto Alegre de volta, uma biografia de têmpera igualmente ensaística chamada *Eça de Queirós e o século XIX*.

Chega o ano de 1939, e as coisas no mundo ocidental indicam a iminência de um conflito armado na Europa, espécie de segundo e derradeiro turno da Guerra de 1914-1918. Hitler lidera uma escalada impressionante na Alemanha, recuperando a economia do país ao custo de apelar para um obscuro porão da identidade germânica, a pureza racial, e de perseguir os judeus, tidos como responsáveis pelas mazelas do país. Por aqui, muitos descendentes de imigrantes alemães assistem ao espetáculo europeu com entusiasmo pela recuperação da antiga pátria, a saudosa Vaterland, que de fato havia sido humilhada no acordo que selara a paz da I Guerra, o Tratado de Versalhes. E alguns poucos, extremados, esposam aqui o ponto de vista racista de Hitler e seus asseclas. É um tempo de que hoje nem fazemos ideia clara; para lembrar tão só um aspecto, apenas nesta altura entrou em causa a nacionalização do ensino, obrigando todas as escolas a ministrarem aulas em Português, providência imposta por Getúlio, que se empenhou muito pela unificação do país sob um Estado moderno, acima das querelas regionais e das diferenças étnicas, e soberano em relação às velhas oligarquias provinciais.

  Vianna Moog resolve meter a mão neste vespeiro. O líder nazista está no poder há alguns anos, assim como seu êmulo Mussolini, na Itália, e ainda Franco, na Espanha. O presidente do Brasil mesmo, Getúlio Vargas, não se pode dizer que esteja no poder por méritos democráticos: depois do Golpe de 30, já passou para trás as expectativas democráticas em 34 e em 37 (isso sem falar de 32 e do combate aos comunistas em 35). Quer dizer: o cenário é de ditaduras, regimes fortes, antiesquerdistas e, na Europa, racistas. Moog, um temperamento liberal em cuja família havia registros de derrocada econômica derivada do republicanismo autoritário (em 1893), sai a campo: escreve e publica um romance de nenhuma inocência política e ideológica, orientado não para acusar ninguém, mas para expor com coragem os dilemas da integração das populações imigrantes ao contexto brasileiro: este *Um rio imita o Reno*.

É tal a repercussão do romance, que a própria embaixada alemã no Brasil então – naquela altura orientada pelo nazismo, é bom lembrar – pede ao governo brasileiro a apreensão do volume. *Um rio imita o Reno* esgota uma edição grande, de 5 mil exemplares, em menos de um mês, ganha versão radiofônica em Porto Alegre, é cogitada para uma adaptação à tela grande nos Estados Unidos (projeto que não vai adiante); por tudo isso, a Secretaria de Educação do Rio Grande do Sul compra uma grande quantidade de exemplares para distribuir entre as escolas, numa atitude até então muito rara. Consideradas as proporções, tratou-se de um fenômeno de repercussão. Comparável, talvez, ao sucesso fulminante de *Olhai os lírios do campo*, romance de Erico Verissimo que esgotou três edições no ano anterior.

Mas o enredo do livro de Erico, ainda que engajado em debates do momento – o casamento por interesse, as terríveis separações, a mãe solteira, o arrivismo social –, era consideravelmente menos problemático, no plano político e ideológico, do que o enredo do livro de Vianna Moog, diferenças de estilo à parte. E é de ver que o debate sobre racismo, misturas étnicas, diferenças culturais, entre outros temas associados à vida dos teuto-brasileiros daquele momento, toca um limite difícil, que era evitado no debate intelectual. Mais um detalhe: quando sai o romance de Moog, a Segunda Guerra era ainda uma hipótese. Meses depois ela estoura. E aqui, no sul do Brasil, já estava instalado o debate, pela mão da literatura.

Um rio imita o Reno, tendo perdido a atualidade ideológica que fez sua fama, permanece legível, apesar de seu intenso investimento nas longas descrições do horizonte mental dos personagens, procedimento narrativo hoje abandonado. Seu enredo focaliza uma pequena cidade imaginária, Blumental, em que convivem, na zona urbana, famílias de ascendência alemã, como os Wolff, e elementos luso-brasileiros, incluindo o que se chama, na obra, "bombachudos", apaniguados de políticos típicos da República Velha, hoje por certo residuais. Nessa cidade é que chega um engenheiro sanitarista chamado Geraldo Torres, amazonense, atipicamente um leitor de Goethe e admirador de Nietzsche. Personagem que concentra muito da experiência do próprio autor em sua temporada nortista, ele traz a técnica da construção de represas, uma modernização importante, que poderia livrar a população de doenças como o tifo.

Naturalmente, ele se apaixona por uma moça local, Lore Wolff, da família burguesa em cujo seio transcorrerão as principais ações da trama. O amor é proibido pela mãe de Lore, ativamente, numa sucessão de eventos que acelera o andamento relativamente plácido da narrativa e aumenta a temperatura da história, nas últimas partes do livro. (Numa dessas construções ficcionais que o bom escritor sabe tramar com a matéria bruta da história, a mãe de Lore simultaneamente é racista, considerando-se superior, e descende diretamente de um "mucker", portanto um fanatizado, um irracional.)

Vianna Moog tem a habilidade necessária para pôr de pé o enredo, as personagens e, talvez mais ainda, o pano de fundo mental em que as coisas acontecem. Essa última característica, de resto, tem sido, desde a época do lançamento, a razão de ser o livro considerado um romance de tese, na linha de *Canaã*, de Graça Aranha, para dar um exemplo brasileiro – exemplo que não será gratuito, por dois motivos: também o livro de Graça Aranha debate os dilemas da integração racial, pela boca de dois alemães metidos nos matos tropicais, por um lado, e por outro, efeito das circunstâncias, *Um rio imita o Reno* ganhou o prêmio Graça Aranha de 1939. Um tanto por causa do impacto do romance na opinião pública,

Moog se transfere para o Rio de Janeiro, a capital, vindo a ser eleito para a Academia Brasileira de Letras muito jovem ainda, em 1945.

Um romance de tese, é claro, não é menos romance. Um crítico de olho preparado como era Moysés Vellinho flagrou algo da alma do livro de Vianna Moog ao dizer-lhe "o romance de um ensaísta". Quer dizer: ali estão, com as personagens, as ideias. E estão mesmo. Tanto estão que o romance mereceu uma polêmica raríssima, senão inédita: em 1940, o advogado Bayard de Toledo Mércio publica um estranho *Longe do Reno – uma resposta a Vianna Moog*, como se lê já na capa da publicação. Trata-se de uma ficção cheia de defeitos, dos mais primários (um personagem central tem dois nomes diversos, por exemplo) aos mais sutis (despolitiza todas as variáveis que Moog trata em profundidade), ficção o tempo todo acesa de intenção polêmica a mostrar que, na opinião do autor da *resposta*, é sim possível haver a integração entre luso-brasileiros e teuto-brasileiros, pela via do casamento, ao contrário do que o original insinuava.

Não se pode equiparar a qualidade desta *resposta* ao nível da literatura engajada daquele período, nem *Um rio imita o Reno*, e muito menos *Saga*, romance que Erico Verissimo publica no mesmo 1940, tematizando a terrível experiência da Guerra Civil espanhola, conflito que perdurou por três longos anos, ao fim dos quais a experiência libertária da República daquele país sucumbiu a uma tremenda ditadura, conservadora, apoiadora da escalada autoritária nazifascista. *Saga*, de resto, ajuda-nos a vislumbrar as tarefas que os romancistas consideravam para sua obra, naquela já remota época, que ainda mal conhecia as capacidades de difusão do rádio, ainda era inocente da televisão e da impressão de simultaneidade que nos proporciona, ainda era capaz de fazer de uma forma literária exigente como é o romance um foro de debate vivo e momentoso.

Vianna Moog seguiu sua vida como intelectual, mas não na universidade (a sua foi ainda a geração dos intelectuais de jornal e livro, fora da universidade, que ainda engatinhava), e político, mas não no parlamento. Trabalhou em diversos serviços brasileiros no exterior, foi dirigente de sua classe profissional, elegeu-se para a Academia Brasileira de Letras, na cadeira que tinha sido ocupada até pouco antes pelo também gaúcho Alcides Maya, por sinal outro ficcionista dado ao jornalismo e ao ensaio, particularmente ao ensaio de interpretação sobre Machado de Assis. Publicou mais ficção (*Uma jangada para Ulisses* e *Toia*), mais ensaio (entre outros, o clássico *Bandeirantes e pioneiros*, comparação de grande alcance entre as civilizações brasileira e norte-americana). Teve tempo de reunir, em livro, parte de sua obra anterior, ensaios e conferências – incluindo uma instigante "Interpretação da literatura brasileira", de 1942, que devia fazer pensar aos historiadores da literatura, hipótese inspirada, ao que se saiba, em Gilberto Freyre, e empenhada em desenhar a literatura nacional como um arquipélago de sete ilhas, não um imaginado todo homogêneo*.

Não estará longe dos fatos quem enxergar uma convergência entre vida e obra em Vianna Moog. Seu exílio amazônico, se o privou momentaneamente do convívio das praças mais sofisticadas do Sul e do Sudeste, levou-o a conhecer mais que seus contemporâneos a realidade do Norte, e não só a da Amazônia, eis que ele precisou passar um mau pedaço de vida no interior do Piauí. A matéria destas experiências virou enredo de ficção e tema de ensaio. Da mesma forma, sua vida familiar – sua mãe, católica luso-brasileira que foi professora pública no começo do século XX, casou-se com o pai luterano de ascendência totalmente germânica, numa época em que essas distinções eram realmente

---

* *Obras de Vianna Moog*, pela Editora Delta, Rio de Janeiro, 1966, em 10 volumes.

duras – forneceu material para compor a superfície e a alma de seu *Um rio imita o Reno*. Essa mesma mistura, por sinal, rendeu dois personagens secundários no romance, em que uma professora chamada Alzirinha, luso-brasileira como a mãe do autor, vai-se casar com um Hans Fischer, teuto-
-brasileiro como o pai.

Colocado entre seus pares gaúchos de geração, Vianna Moog ostenta uma vantagem que se mede talvez não em abrangência de perspectiva – um Augusto Meyer (1902-1970), também era cosmopolita de leitura e de visada, e sabia manejar os dados locais com a devida distância crítica –, mas, para dizer de alguma maneira, em quilometragem rodada. É muito difícil haver quem conheça o Ocidente e tenha também percorrido mais o país real, extensivamente, que ele. Não terá chegado às alturas maiores de um Gilberto Freyre e de um Sérgio Buarque de Holanda, que nos mesmos anos 30 modernizaram o debate intelectual brasileiro com *Casa-
-grande & senzala* (1933) e *Raízes do Brasil* (1936), mas não está longe deste patamar com *Heróis da decadência*, de 1934, e com *Bandeirantes e pioneiros*, de 1954; mas é certo que, como muito poucos outros, o ensaísta e romancista Vianna Moog construiu obra duradoura, que merece leitura e meditação.

Erico Verissimo e a política

Erico Verissimo
(Cruz Alta, RS, 1905 – Porto Alegre, RS, 1975)

Das posições políticas de Erico se sabe muito, expressas que foram em várias situações da vida brasileira. Ele mesmo deixou consignadas suas convicções com clareza, especialmente em conjunturas adversas para gente como ele, homem de temperamento aberto, perspectiva democrática e socialista, ou, como ele próprio alguma vez disse, "do campo do humanismo socialista"*. Para atestar com sobras esse aspecto da vida do grande escritor, bastará recorrer as páginas da coletânea *A liberdade de escrever*, que reúne várias entrevistas suas, num tempo que vai de 1963 a 1975**, ano de sua morte, isso para não falar das observações que se leem no *Solo de clarineta*, igualmente claras, inequívocas.

O que porém não é totalmente claro e óbvio, ainda que esteja longe de ser um problema inédito para a crítica, é o modo como Erico incorporou o problema das opções políticas em seus romances. Se sabemos muito da volúpia de Erico em incorporar aos enredos de várias de suas obras e ao temperamento de inúmeros personagens as questões diretamente políticas (bastaria lembrar a enorme presença da política brasileira, especialmente entre a implantação da República e o fim do governo Vargas em 45, em *O tempo e o vento*), por outro lado pouca clareza temos acerca da internalização de variáveis políticas e ideológicas à estrutura de seus romances.

---

* *Solo de clarineta*, II, p. 314. Rio: Globo, 1986, 7ª ed.

** *A liberdade de escrever*. Porto Alegre: Editora da Universidade/EDIPUCRS/Prefeitura de Porto Alegre, 1995, organizado por Maria da Glória Bordini.

Em seu último romance, o *Incidente em Antares*, lançado em 1971, Erico mergulhou na política. No livro aparece, em segundo plano, um intenso debate político (no primeiro estão os dilemas pessoais dos mortos insepultos, que retornam a seus ambientes de vida, para conferir o que ocorreu, mas no segundo plano o problema político aparece de corpo inteiro, tanto no confronto entre as visões de mundo entre os vários mortos [há um anarquista, um militante sindical, assim como há um advogado corrupto], quanto no arranjo que a arquitetura do livro organiza). Esta arquitetura dá a ver uma clara visada liberal, no sentido político do termo: o romance arranja uma espécie de palco para que as várias posições se confrontem, diante dos olhos do leitor, ficando as simpatias do livro para os mais fracos, enquanto suas antipatias se voltam quase que apenas contra o citado advogado.

Em sua vida de cidadão, Erico teve posições claras, de uma espantosa clareza, vistas as coisas desde o nosso tempo. Enfrentou duas ditaduras no Brasil, em seu tempo de vida, a do Estado Novo (1937-1945) e a da Ditadura Militar (particularmente entre 1968-1979, anos respectivamente do Ato Institucional nº 5 e a Lei da Anistia, para usar duas marcas discerníveis nesta recente história); nas duas, manifestou posições antitotalitárias, democráticas, tendencialmente libertárias. Foram conjunturas que, como costuma ocorrer em ditaduras, pareciam reduzir as possibilidades de atitude a apenas duas, pró e contra; para Erico e várias outras almas sensíveis, ser a favor de ditadura era simplesmente inconcebível, pela repugnância por assim dizer orgânica contra a prepotência, e isso encaminhava-o então para o lado contra; mas este, por sua vez, em vários momentos foi hegemonizado por posições que, bem pesadas as coisas, guardavam no íntimo de suas convicções muito autoritarismo também, e de novo a coisa não era confortável. Em momentos assim, Erico mostrou ter altivez e autonomia suficientes para repudiar o poder ditatorial e, simultaneamente, manter alguma distância das posições autoritárias de esquerda, especialmente as protagonizadas pelos comunistas.

Exemplo parcial disso que vem sendo dito pode ser lido numa outra conjuntura: em 1956, estando o Brasil a experimentar um de seus raros momentos de vida civil livre em todo o século XX, Erico participa em Porto Alegre de um ato de desagravo ao povo húngaro, que havia pouco tinha sido vítima do autoritarismo soviético. Era a defesa da liberdade de um povo que tentava, naquela quadra, uma saída heterodoxa dentro dos marcos do comunismo então dominante no Leste Europeu; mas se tratava de uma defesa que poderia ser, e de fato foi, interpretada como reacionária pelos comunistas ortodoxos, do Brasil e de toda a parte, que nesta altura desfrutavam de uma posição altamente prestigiada e prestigiosa no campo intelectual em todo o Ocidente e alimentavam a teoria do mal menor, justificando assim aquele sufocamento em vista da manutenção da dominação soviética, que se tomava como caminho necessário da felicidade.

Depois de manifestar solidariedade ao povo húngaro, de expor sua consciência sobre o desagrado que poderia causar sua posição e de repudiar qualquer reacionarismo que postulasse um retorno ao antigo regime húngaro, Erico relembra:

> Quando em 1935 as tropas de Mussolini invadiram a Abissínia, firmei o manifesto em que intelectuais brasileiros protestavam contra a bárbara agressão fascista. Protestei também, não uma mas mil vezes, quando em 1937 o Generalíssimo Francisco Franco aceitou o auxílio de tropas da Alemanha e da Itália, que massacraram parte do povo espanhol, usando-o como cobaia para experiências com as armas modernas que aqueles dois países, então totalitários,

haveriam de usar na guerra que em breve viriam a provocar. O pacto russo-alemão que em 1939 permitiu a invasão e a mutilação da Polônia, abrindo aos nazistas o caminho para a conquista da Europa, teve também o meu repúdio, que foi manifestado repetidamente em público. Incontáveis vezes lancei meu protesto apaixonado contras as perseguições e atrocidades de que tem sido vítima o povo judeu em tantas partes do mundo. As violências praticadas pela Inglaterra contra os patriotas do Chipre e as da França contra os nacionalistas da Algéria têm a minha mais decidida antipatia*.

Um homem vivendo na província não precisa ser um provinciano, como se vê; Erico foi, também nisso, um exemplo transcendental. E nem falemos na sequência histórica que aí foi evocada: 35, a expansão do fascismo; 37, o massacre da democracia republicana espanhola, um caso que comoveu a quase unanimidade da opinião pública ocidental; mas 39, o pacto entre Hitler e Stalin, já não foi tão fácil assim para as posições políticas articuladas, porque, como todos lembram, os comunistas quase todos e muitíssimos dos simpatizantes da esquerda engoliram aquela atrocidade histórica, também em nome do mal menor. Mas não Erico, cujo liberalismo era exigente e tinha fundamentos políticos realmente claros quando à liberdade dos indivíduos; ou então, para continuar usando as palavras com liberdade neste raciocínio, Erico cujo socialismo, de feição utópica, não comportava composições dessa esquisita e autoritária natureza.

---

* *Solo de clarineta*, II, p. 3-4.

Louco e mal compreendido

Dyonélio Machado
(Quaraí, RS, 1895 – Porto Alegre, RS, 1985)

De escritores já falecidos e com obra publicada com certa regularidade, quase sempre é fácil saber a posição na hierarquia de sua geração ou na do conjunto da literatura do país e da língua. Pode haver disputa motivada por diferença de pontos de vista – entre quem valoriza acima de tudo o trabalho formal e quem valoriza mais o retrato direto da vida, por exemplo, pode haver dissensão grave quando se tratar de localizar determinado escritor no ranking dos melhores. Mas mesmo essa disputa é secundária, se estivermos falando de escritor falecido, com obra publicada e prestigiado, porque saberemos que ele pertence de direito ao quadro dos autores que merecem leitura continuada, atenção acadêmica, registro crítico.

Parece tudo óbvio até agora, matéria em que não há divergência? Então prepare-se para o problema, porque há um autor já falecido, com obra publicada mais ou menos regularmente, com méritos reconhecidos ainda que a custo, sobre o qual no entanto não parece haver nem os mínimos consensos, aqueles que devem estar (e realmente estão) aquém e além das disputas de gosto e de ideologia. Este autor se chama Dyonélio Machado; ele deveria ser dado como indispensável, mas ainda não é; estamos falando de *O louco do Cati*, romance de 1942, e mais amplamente sobre a obra toda do autor.

Do ponto de vista estrutural, o romance é um primor de composição, ainda que talvez por acaso. Sabe-se que Dyonélio o escreveu em péssimas condições de saúde, em 1941, quando convalescia de uma doença no coração e, impedido de fazer qualquer esforço, ia bolando a história e ditando-a a sua mulher e a sua filha (auxiliaram na tarefa da datilografia uma poeta interessante, Lara de Lemos, e um romancista de obra tão forte e significativa quanto problemática em sua resolução, Cyro Martins, ambos gaúchos e próximos do autor.) Dyonélio, nesta altura da vida, já tinha passado por algumas durezas. Nascido em 1895, numa cidadezinha sobre a fronteira com o Uruguai, teve o pai morto (a facada) por uma questão vagamente política quando tinha apenas 7 anos, o que o obrigou a trabalhar logo, em serviços humildes. Consegue estudar com auxílio de um tio, que porém lhe falta quando está por ingressar na Universidade, já na capital, Porto Alegre. Retorna à terra natal, ingressa no serviço público, casa, tem uma filha e só então ingressa em Medicina, de novo na capital, vindo a formar-se já maduro.

Publica um livro de contos (*Um pobre homem*, 1927), tido por Erico Verissimo, seu contemporâneo, como o primeiro livro de tema urbano no Rio Grande do Sul, terra de muito relato de tema rural – aquele tema que, do ponto de vista dos grandes centros, se chama vulgar e imperialisticamente de "regional". Filia-se ao Partido Republicano Riograndense por esta época, envolvendo-se profundamente na política, mas permanece no âmbito da agitação social, sem cargos nem funções. Transfere-se para o Rio, no começo da década seguinte, para formar-se em Psiquiatria, ofício raro então. Voltando ao sul, já com o segundo filho, trabalha, milita (ainda no PRR) e, por sua representatividade e destaque, é um dos líderes da Aliança Nacional Libertadora, organização paracomunista que confrontava Vargas. Por essa específica ligação, é preso, e passa um ano na cadeia em Porto Alegre, completado por outro ano enjaulado no Rio de Janeiro.

Foi pouco antes desses últimos fatos que escreveu *Os ratos*, novela que gestou por anos e escreveu em três semanas, ganhadora do Prêmio Machado de Assis, da Academia Brasileira de Letras – prêmio de que ele fica sabendo quando está preso, a caminho do Rio, no porão do navio. Na cadeia carioca filia-se ao Partido Comunista, já dissolvido seu antigo Partido, o PRR, por Getúlio, pouco antes. Feitas as contas, portanto, o Dyonélio de 1941 é mais que um doente: é um sobrevivente de duras experiências da vida e da cadeia política, um homem maduro, de seus 46 anos de idade, e com uma extraordinária novela já consagrada, do ponto de vista crítico, apesar de tudo.

O livro do Cati é ditado, então. Há quem veja nessa circunstância a matriz da linguagem do texto – direta, em frases curtas e parágrafos breves, com descrições detalhadas apenas quando tratam de coisas pequenas, e esfumaçadas nos grandes planos; linguagem que acolhe, com grande parcimônia, algo da fala popular; linguagem que encerra um paradoxo, por ser ao mesmo tempo fluida, ausente de obstáculos, mas a serviço de relatar uma trajetória perfeitamente obscura, que o leitor vai acompanhar ao preço de muita desorientação.

Vendo a coisa do alto, pode-se resumir o procedimento narrativo da seguinte maneira: uma voz narrativa em terceira pessoa onisciente relata, já a partir da primeira linha, a movimentação de um personagem estranho, sem nome (nunca se fica sabendo seu nome cristão ou civil), que anda de chapéu e parece não reagir a nada do que acontece, submetendo-se ao destino imediato que cruza seu caminho. Este sujeito nunca fala, a não ser em situações de pânico, de medo (acontecem algumas em seu caminho), quando então grita algo relacionado com "o Cati" – o sujeito foge espavorido quando reconhece no presente alguma coisa que lhe recorde "o Cati". Por isso mesmo, fica sendo chamado assim, o Cati, ou o Louco do Cati, o Maluco do Cati (num momento quase idílico de sua longa peripécia, será chamado de Seu Cati).

O que é "o Cati"? A biografia do autor explica com facilidade: trata-se de um riozinho de Quaraí, a cidade natal de Dyonélio, ao pé do qual o governo gaúcho mandou construir um quartel militar, para guarda da fronteira, nos anos 1890. Não qualquer quartel: um estabelecimento modelo, que era também escola militar e fonte de iniciativas modernizantes na região. Seu comandante foi o afamado coronel João Francisco Pereira de Sousa (1866-1954), que recebeu de Rui Barbosa o apodo terrível de "a hiena do Cati". Rui tinha um motivo: era fama que naquele quartel se praticaram as maiores atrocidades contra os inimigos do regime republicano gaúcho, durante a Revolução de 93 a depois dela, até a altura de 1908. O coronel teria patrocinado, mesmo em tempos de paz formal, práticas como a degola, aplicada indiscriminadamente contra os inimigos, que eram muitos. Daí a fama.

O quartel foi destruído, depois de esvaziado em seu poder, real e simbólico. Mas o menino Dyonélio cresceu ali, na cidade a que pertence o Cati, e certamente ouviu a fama do Hiena, que estava no auge de seu poder quando houve o assassinato do pai. Fama que vai retornar no romance, sob a forma de memória atormentada, fragmentada e impiedosa.

Aquele personagem, o Louco que dá título ao romance, vai ser o fio condutor de uma longa jornada pelo território brasileiro. Por acaso ele entra numa excursão de homens até o litoral gaúcho, e por acaso passará uns dias ali; vai acompanhar um dos camaradas dessa circunstância, o Norberto, num deslocamento até o Rio de Janeiro, sendo ambos presos na altura de Santa Catarina; por golpes da sorte, Norberto é libertado e consegue a soltura do Cati, e os dois amigos passam umas semanas na Capital do país, sempre vivendo de pequenos expedientes; Norberto fica ali, mas despacha o Louco para São Paulo, na companhia de outras pessoas; mais uns dias de estadia e ocorre sua viagem ao sul, de retorno, que vai levar nosso personagem a Lages, Santa Catarina, para outras semanas de estada; finalmente retorna ao Rio Grande do Sul, à região da fronteira com o Uruguai. (O leitor não precisa reter esses detalhes todos: a edição mais recente, pela Planeta, reproduz um mapa feito à mão pelo autor, com o trajeto, as datas, as permanências e os meios de transporte utilizados em cada etapa desse percurso.) Dito assim, parece que o Louco é um protagonista como qualquer outro. Mas não. Ele nunca é protagonista, em cena alguma, com exceção da cena final, espécie de explosão liberadora que não convém relatar aqui, sob pena de minar a surpresa necessária. O Maluco não fala, não pensa, não age – o narrador de vez em quando diz que o Maluco "cisma", e isto é tudo –; os passos que dá são regidos totalmente pelos outros; ele sequer aprova ou reprova a comida que é servida, seja na cadeia ou seja numa casa chique de São Paulo – e é de registrar que O louco do Cati é talvez o romance brasileiro em que mais aparece a cotidiana mesa de refeições, com detalhes descritivos plenamente relevantes para o desenho da psicologia e da sociologia dos quadros.

Aqui está, talvez, a novidade das novidades, o motivo de o romance de Dyonélio não encontrar lugar entre as unanimidades a que no entanto faz jus: é mesmo difícil entender um protagonista que está no título mas não age, que se desloca longamente pelo território nacional mas nunca segundo sua vontade, que não fala nada a não ser os gritos assustados com que rejeita um fantasma de sua vida – "É o Cati! Isto é o Cati!". É muita imprecisão para um romance realista, talvez; para um romance que, descontadas algumas diferenças óbvias, poderia perfeitamente ser base de roteiro para um filme neorrealista italiano da mesma época. Imprecisão que só faz crescer, ademais, com o esgarçamento das referências concretas ao mundo real: fala-se vagamente em um crime acontecido em Porto Alegre, em uma possibilidade de revolução que virá pela fronteira, em uma eventual adesão ao governo.

Mas tudo isso é relatado, no romance, como frases soltas, como coisa entreouvida, sem jamais formar sentido de conjunto.

Prova da superioridade de Dyonélio, então: aquele narrador de 3ª, tecnicamente onisciente, só nos dá, aos leitores, informações fragmentadas, tal como se fosse o Louco o filtro entre os fatos e o relato deles. Ao contrário das opções realistas diretas de seus contemporâneos – com a honrosa exceção de Graciliano, com quem de resto Dyonélio tem mais de um parentesco –, o autor parece ter escolhido aprofundar a opção já experimentada em *Os ratos*, de anos antes. Neste, igualmente uma voz narrativa em 3ª acompanha um dia na vida de Naziazeno Barbosa, um modesto funcionário público que precisa arranjar dinheiro para pagar o leiteiro, que ameaçou cortar o fornecimento; mas esse arranjo narrativo não nos dá a segurança do narrador onisciente, que porém está ali, em potência, num arranjo narrativo que gera um descompasso sufocante, pois podendo dizer mais (sobre o passado, o futuro, os outros lugares, a vida interior dos demais personagens) sonega tais informações; e esse descompasso nos leva a sentir uma espécie de vácuo, de chão que nos é roubado, de serenidade que não temos, de horizonte largo que nos é vedado.

Isso quer dizer que o Maluco é menos indivíduo que Naziazeno: este tinha nome, endereço, uma família, um emprego – e uma dívida, a definição da individualidade no nível mais elementar, no mundo do mercado. O Louco não tem nada disso. O que tem são fantasmas, tormentos, fiapos de quase nada; não fala, não pensa, não convive; também não agride, o que já seria algo notável, consideradas as coisas a partir de nosso pobre e assustado mundo de hoje.

Dyonélio mexia conscientemente com os vespeiros certos. O miserável Naziazeno viveu aquele dia atrás das poucas notas com que saldar a dívida – cédulas de que ele se aproximou no cassino, que ganhou e perdeu num estalar de dedos, que um subalterno como ele percebe apenas como fetiche, num nível rebaixado de compreensão do mundo capitalista, o mesmo nível em que operam, aliás, tanto as loterias e os Sílvio Santos dos Baús quanto os assaltantes, do banco ou do bolso. Já o miserável Louco do Cati vive por menos que isso ainda – e é notável a presença do dinheiro ao longo do romance, aparecendo primeiro como cédulas fora de circulação mas que o Louco quer usar para pagar a passagem do bonde, depois como migalha para comprar comida em pensão ordinária, finalmente como uns papéis amassados e molhados num bolso esquecido da roupa.

Não falta quem queira filiar o romance de Dyonélio, na marra, ao "realismo mágico", ou "fantástico", com o qual não tem afinidades; o que está em jogo ali é a trajetória histórica de um homem real, um sujeito esvaziado em sua humanidade mas ainda ativo, pateticamente ativo e em busca de sua liberdade, a espiritual acima de tudo. O romance pode ser lido como alegoria ao Estado Novo, ou a um Estado Arbitrário qualquer; ele pode ser visto como uma retomada alucinatória da medonha experiência da degola como prática bélica e policial rotineira no Rio Grande do Sul, da mesma forma; mas desfocar as dimensões críticas radicais postas em circulação por Dyonélio, como é o caso do desespero humano em busca da liberdade e da estonteante estupidez gerada pelo fetichismo do dinheiro, isso é demais. Ou melhor: é tão de menos, que faz pensar que um dos motivos de *O louco do Cati* e a obra do autor em geral terem tido pouca compreensão é justamente a recepção frágil ou obtusa, a falta de acolhida no nicho adequado, que deveria ser aquele nicho que já acolhe os mais radicais romancistas-críticos (não estou falando de realistas-naturalistas ou de realistas-socialistas, e pelo contrário), que podem ser claramente distinguidos dos contadores de histórias, dos narradores vanguardistas e dos romancistas saudosistas. Nada contra nenhum deles, mas cada coisa em seu âmbito próprio.

No caso de Dyonélio, o âmbito é aquele que o aparenta, no Brasil, de Graciliano Ramos mas também Raduan Nassar, Dalton Trevisan e hoje em dia Fernando Bonassi. É uma família de escritores dostoievskianos, como os argentinos Roberto Arlt (1900-1942), com quem Dyonélio tem mais de uma afinidade, especialmente no retrato paranoide dos personagens e no ar de conspiração dos enredos, e Ernesto Sabato (1911-2011), um atormentado que, segundo me parece, assinaria com gosto a autoria de O louco do Cati. A mesma agrupação a que pertencem William Faulkner (1897-1962), com seus personagens sem articulação racional, e Albert Camus (1913-1960), que publicou seu O estrangeiro no mesmíssimo ano de 1942, sobre tema aparentado, com protagonista quase tão anódino, tão desindividuado, tão extraviado entre Liberdade e Prisão quanto Naziazeno e o Louco.

Dyonélio precisou sobreviver aos enquadramentos teóricos precários, que o queriam ou como contrastante com a narrativa de tema rural presente em sua geração (o dito "romance de 30"), ou como alinhado com a narrativa "fantástica" presente em alguns contemporâneos (Cortázar poderia, no entanto, servir para uma conversa inteligente) e praticada bastante na geração seguinte. Seu caso é outro: é o dos grandes romancistas que metem as duas mãos na matéria diretamente histórica, a abandonam naquilo que ela tem de contingente, de imediato, e compõem com o que restou, tendo no centro a psicologia profunda dos personagens. E o que restou é a experiência humana no mundo moderno, presidido pela lógica do Mercado e regulado pelo Estado Policial, em que as chances para a realização humana são sempre precárias, fugidias, breves, e invariavelmente solapadas.

"O senhor conhece João Pinto da Silva?"

Guilhermino César
(Eugenópolis, MG, 1908 – Porto Alegre, RS, 1993)

Em 1978, fui aluno da última turma de graduação em Letras ministrada por Guilhermino César. Tratava-se de Literatura Sul-Rio-Grandense, campo de trabalho e de pesquisa que ele frequentou com assiduidade e, mais, disciplina que ele inventou e que permaneceu, tanto quanto eu saiba, como um caso isolado, em todo o país, de recorte estadual, no campo das disciplinas de formação em Letras. Em meados daquele semestre, o professor completou seus 70 anos, sendo então compulsoriamente aposentado. (A turma seguiu sendo orientada pelo então bem mais jovem Sergius Gonzaga.)

E começava assim o seco diálogo de Guilhermino com seus pupilos: "Os senhores já leram João Pinto da Silva?" Os alunos eram sempre "senhores" e "senhoras", e a pergunta era desse estilo sempre, variando apenas o autor, que nós em geral desconhecíamos. De fato, eu não tinha notícia de João Pinto, o autor da *História literária do Rio Grande do Sul* (1923), texto referencial da cultura gaúcha que terá sido um forte êmulo para o próprio Guilhermino, que nos anos 50 edita sua *História da literatura do Rio Grande do Sul*.

Vale a pena registrar três livros póstumos. O primeiro, organizado por Tania Carvalhal, se chama *Notícia do Rio Grande – Literatura* (coedição IEL e Editora da UFRGS, 1994), reúne material publicado em jornais pelo professor, tendo como tema a literatura gaúcha – quase se poderá dizer que é um segundo volume da *História*. Bem depois, 2008, outra ex-aluna, Maria do Carmo Campos, publica pela editora da Universidade de Caxias *Caderno de sábado – Páginas escolhidas*, contendo textos estampados naquele suplemento literário, agora de assunto bem variado: alguma memória pessoal, crônicas sobre Porto Alegre, algum comentário sobre escritores. A mesma Maria do Carmo organizou *Guilhermino Cesar – Memória e horizonte*, para a editora da UFRGS, em 2010, com uma série de depoimentos sobre o autor, além de algumas análises sobre sua obra, tanto a poética quanto a crítica e historiográfica.

Já aposentado, o professor continuou a lecionar na pós-graduação, onde vim a reencontrá-lo, por dois semestres. Então os temas eram outros, a História e a Teoria da Literatura Brasileira. Aqui, sua atuação misturava conhecimento e testemunho – porque boa parte do que para nós era passado era para ele vivência, desde os anos 20, desde o Modernismo. Discutir profundamente questões históricas, metodológicas, teóricas, não era seu campo de eleição; mas no relato, nas aproximações, nas associações entre dados aparentemente desconexos, nisso ele era muito bom.

Não tendo chegado a ser um seu discípulo mas conhecendo razoavelmente sua obra, creio poder dizer isentamente que Guilhermino representou entre nós uma importante vertente do pensamento literário e histórico do Brasil. Não era homem de buscar enquadramentos teóricos, antes deliciando-se com os dados mais ou menos crus de sua pesquisa, de resto alentada, em vários campos. Por outra parte, dispondo de horizontes mais largos do que a média dos de sua geração aqui no Estado, sabia cotejar o dado local com a tradição maior, do país e da língua e da civilização ocidental, com o que soube manter critérios seguros de avaliação dos fatos que garimpava.

Na altura em que o conheci, Guilhermino desfrutava de um poder muito grande no cenário das letras locais. Sua palavra, na Universidade e em sua coluna no *Caderno de Sábado* do velho *Correio do Povo*, era a fala simbólica do poder crítico, de como que um totem ordenador, mais ou menos olímpico, e isso numa época em que a literatura e a crítica literária tinham muito maior presença no cenário cultural (eram os tempos em que a tevê mal se firmava, tempos muito anteriores à internet e tudo que ela gerou). Nisso, terá sido também um representante daquela velha vertente de pensamento: era antes um concentrador do que um distribuidor, de méritos como de recursos de trabalho literário e histórico. (É conhecida sua controversa e pouco elegante atuação no episódio da redescoberta de Qorpo-Santo, quando deixou de reconhecer a contento o mérito alheio, principalmente o de Aníbal Damasceno Ferreira. No livro *Memória e horizonte*, acima mencionado, há dois textos sobre este caso, e nenhum dos dois faz inteira justiça.)

Por isso tudo, lembro de Guilhermino como de um professor antigo – na polidez e na frieza de trato, na qualidade técnica apreciável, no excelente nível de informação, na obra de valor, no pensamento algo conservador. E professores assim, que pensam e produzem, não importa sob qual matiz ideológico, são indispensáveis à Universidade, esta frágil instituição que deve, entre outras coisas, guardar a memória e transmiti-la ao futuro, para que tudo recomece, com memória e crítica e tudo o mais. Temo ter sido dos últimos a desfrutar do privilégio de ouvir ao vivo este tipo de lição: hoje, por perversões da lei, professores talentosos e no auge de suas carreiras têm-se aposentado aos 50 anos – e quem poderá ouvir depoimentos no futuro, quem poderá ser cobrado por jamais ter lido João Pinto da Silva?

Um professor na história

JOAQUIM FELIZARDO
(PORTO ALEGRE, RS, 1932-1992)

A vida do professor Joaquim José Felizardo esteve sempre ligada à história. A começar pelo nome – Joaquim José –, homenagem ao mártir da Inconfidência Mineira, passando por relações familiares – sobrinho de Luis Carlos Prestes –, e chegando a sua atuação política e profissional.

Historiador e contador de histórias, o professor Felizardo conheceu de perto os tortuosos caminhos da vida brasileira. Ele próprio contava, com uma ponta de vaidade, que seu parentesco com o "Cavaleiro da Esperança" o fez herdeiro de semelhança física, mas também lhe rendeu prisões arbitrárias e lhe impunha atenção para o exemplo de dignidade deixado por Prestes.

Professor de história, Joaquim concentrava suas atenções nos movimentos de envergadura revolucionária. Daí sua fixação na Revolução Francesa e na Inconfidência Mineira, na Revolução Soviética e no movimento comunista internacional. Mas, ao lado disso, não descuidava o registro local, sendo por isso um aficionado da história republicana gaúcha, desde a vida dos líderes até os símbolos positivistas espalhados pela cidade de Porto Alegre. Por gosto das coisas locais, escreveu uma biografia singular sobre o escritor De Sousa Júnior, a quem não conheceu pessoalmente. Foi presidente do Esporte Clube Cruzeiro, de Porto Alegre, clube que conheceu dias de glória até os anos 1960 mas que, depois, transformou-se num clube da segunda divisão gaúcha.

Viveu sua vida política no Rio Grande, tendo estado sempre perto dos principais movimentos que lhe coube conhecer em vida. Dada sua perspicácia, seu senso de observação sempre lhe permitiu ver além da aparência – e rendia histórias saborosas, com as quais brindava seus inúmeros amigos. E é de ressaltar sua incrível capacidade de transcender os limites impostos pela circunstância partidária. Felizardo fazia questão de cercar-se de indivíduos diferentes de si e entre si – o que é um inequívoco sinal de grandeza de caráter. A mesa das quintas-feiras*, instituição informal das mais queridas para os que a frequentam, é prova disso: reunia e reúne gente díspar quanto à política, mas gente interessante. Felizardo foi um dos talvez últimos homens da cidade a saber cultivar o gosto pela conversa civilizada, que era sempre animada por sua verve satírica.

Por isso mesmo, foi o responsável direto pela efetivação de um velho sonho da comunidade artística e cultural da cidade: a criação da Secretaria Municipal da Cultura. Enfrentando resistências corporativas e partidárias, mas contando com o apoio entusiasmado dos amigos que soube granjear, o professor Joaquim tomou a si a responsabilidade de tornar-se pivô dos anseios culturais de Porto Alegre.

Felizardo foi um dos grandes homens públicos que o Rio Grande e Porto Alegre já produziram. Simples, erudito,

---

* A mesa das quintas, na maior parte das vezes reunida no restaurante Copacabana, envolveu e envolve muita gente: entre os já falecidos, contam, além do Felizardo, Décio Freitas, Luiz Paulo de Pilla Vares, Lauro Schirmer, Sérgio Fischer; gente que já passou pela mesa: Ecleia Fernandes, Haydée Porto, Tarso Genro, Sylvia Moreira, Leandro Sarmatz, Enéas de Sousa, Flávio Loureiro Chaves, Sérgio da Costa Franco; entre os atuais membros, Luiz Osvaldo Leite, Tau Golin, Voltaire Schilling, Gustavo Mello, Sergius Gonzaga, Juarez Fonseca, Flávio Azevedo, Cláudio Moreno, Homero Araújo, Pedro Gonzaga, Márcio Pinheiro, Mário Corso, Ruben Daniel Castiglioni, Paulo Moreira, Liberato Vieira da Cunha, Felipe Pimentel, Carlos Augusto Bissón.

vivaz, alegre mesmo quando o organismo já não lhe proporcionava as melhores condições, soube ser um amigo magnífico de seus amigos e de todos os porto-alegrenses, sempre disposto a animar projetos, contar histórias, comentar bastidores, diagnosticar a vida. Era um mestre na conversa. Adorava montar narrativas com final jocoso, surpreendente. Tinha uma admirável capacidade de brincar com suas próprias mazelas. Exemplo: foi fundador do PDT, e continuou filiado sempre. Mas não se furtava a ironizar seu partido. Contava que, na reunião de fundação do partido, pleno debate sobre um tema de fundo, ele pediu a palavra; quando lhe foi concedida, ele iniciou a frase: "Eu penso que..." – e não concluiu. Alguém interrompeu e proclamou: "Se tu pensas, então tu serás o intelectual do partido". Da mesma forma, repetia muitas vezes a frase: "No meu partido, o cara que sabe escrever um ofício é intelectual".

Uma história que me ficou na memória, das várias que Joaquim contava, foi-me relatada quando Alceu Collares era governador do estado, tendo como sua secretária de Educação sua então recente esposa, Neuza Canabarro, figura polêmica, que com sua atuação atraiu muita indisposição contra o governo, principalmente quando da implantação do Calendário Rotativo nas escolas estaduais. (Tratava-se de uma fórmula muitíssimo problemática para supostamente resolver de uma vez por todas o problema da falta de vagas nas escolas. Haveria, como de fato chegou a haver, três anos letivos ao longo do ano civil, cada qual iniciando num certo mês, de forma que os prédios jamais ficariam desocupados, por férias escolares. Era um ovo de colombo tecnocrático, que resolvia a vida no papel sem a menor atenção para condicionantes culturais, históricos, políticos. Foi imensamente combatido por todo mundo, de A a Z, até ser devidamente sepultado no início do governo seguinte.)

É preciso anotar que Joaquim era pedetista, e por isso tinha certa intimidade com os bastidores do governo. Ouvi a narração numa quinta-feira, um pouco antes do meio-dia, num dia em que, por acaso, estávamos nós dois a sós, antes da chegada dos demais. Começou dizendo que tinha organizado na cabeça o melhor ensaio de sua vida, que no entanto ele jamais escreveria. Claro que a isca me fisgou; eu queria saber que ensaio era esse. E Felizardo expôs (depois repetiu para companheiros de mesa que chegavam).

Começaria com a reprodução de uma declaração recente da secretária Neuza, em que dizia descender em linha direta de Davi Canabarro, combatente da Guerra dos Farrapos. E esta seria a primeira parte do ensaio.

A segunda faria uma breve evocação da tristemente célebre Batalha dos Porongos, episódio dos mais cruéis da Guerra Farroupilha, em que Canabarro, líder revoltoso, havia fechado um acordo secreto com as forças imperiais para dizimar os Lanceiros Negros, escravos que haviam lutado do lado dos insurretos contra o governo central em troca da promessa de liberdade. Consta que Canabarro havia concordado com o ponto de vista dos fazendeiros em geral, para quem a libertação de negros – por mais valentes e corretos que houvessem sido – representaria um tremendo perigo social, pelo exemplo. Daí que Canabarro teria concordado com uma emboscada vil contra os Lanceiros Negros, nas vésperas da assinatura da paz. Canabarro, enfatizaria Joaquim, matou os negros.

A terceira e última parte seria uma frase apenas, uma frase que faria, com a melhor qualidade ensaística, a ponte entre o passado Canabarro e a presente Canabarro: "Não é de hoje que Canabarro f*de com negrão". Mas o Joaquim arrematou dizendo: "Pena que nunca vou escrever, porque é o artigo perfeito".

Um payador insubmisso

JAIME CAETANO BRAUN

(TIMBAÚVA, HOJE BOSSOROCA, RS, 1924 –
PORTO ALEGRE, RS, 1999)

Jaime Caetano Braun, improvisador de gênio no universo da cultura gauchesca, nem parecia ter ascendência alemã, que de fato tinha. Foi uma referência para toda a cultura tradicionalista e para um certo modo de ver o mundo. Ele não era tão domesticável pela mídia quanto outros, e daí o seu estilo eternamente excêntrico, isto é, fora do centro, fora da vitrine, fora dos holofotes. Cultivava o sentimento de pertença ao Sul como se fosse sua própria vida. (Também assim foi Aparício Silva Rillo.)
 Ouvi-lo improvisar era um prazer, uma suspensão estética: ele dizendo verso atrás de verso, e a gente esperando pra ver se ia rimar certo, se o tempo seria adequado, se a imagem não fugiria. E não. Tudo entrava em seu lugar, num andamento impressionante pelo espontaneísmo e pela capacidade de articular os termos, o ritmo e a rima. De vez em quando a gente ouve algum trovador como ele, ou payador, como preferia, com pronúncia platina, "pajador", e vê o contraste. Parece que dele só restou o vocabulário e o vibrato na voz, mas não a alma.
 Assim é com todos os grandes artesãos – isso diz como Jaime Caetano Braun foi: um artesão. Não pretendia ser um poeta no sentido letrado, no sentido acadêmico. Frequentava os temas locais segundo uma perspectiva satisfeita com o universo mental que as palavras iam construindo ou relatando. Mas que grande artesão era.

Até por isso mesmo, por ser artesão e não artista, é irrepetível. Ser artesão significa ser um anacrônico total e irremediável, sem remissão. O mundo não tem lugar para artesãos, no circuito das mercadorias, em que tudo se vende, de um modo ou de outro, em que tudo tem preço, para mais ou para menos. Em Jaime Caetano Braun, tudo figurava um mundo anterior ao mercado, um mundo em que todos podem ser iguais, um mundo sem a mediação do dinheiro. A fantasia de uma igualdade primitiva, base ontológica do gauchismo, nele encontrava seu elemento e sua expressão.

Tenho duas memórias a respeito dele. Nos anos 70, participava com amigos de um grupo que pretendia vagamente ingressar no mundo musical. Ensaiamos algum tempo, aprendemos canções, todas de luta, todas com acento latino-americano forte (cantávamos "A desalambrar", por exemplo, com toda aquela ênfase numa ideia de liberdade e de reforma agrária), e nunca chegamos às vias de fato. E qual era a música do Rio Grande que cantávamos? A "Milonga de três bandeiras", do Jaime Caetano Braun, síntese possível, pela esquerda, de uma visão emancipadora da unidade latino-americana.

A outra é mais recente. Uns quantos anos atrás, organizei junto com René Gertz um livro para a Editora da UFRGS que se chamou *Nós, os teuto-gaúchos*. Jaime Caetano Braun, com esse sobrenome germânico, entrou na nossa mira. Fiquei encarregado de fazer contato com ele. Telefonei, falei com ele, e propus que ele fizesse um depoimento sobre isso, sobre a variável alemã na sua vida, sobre o peso que ela teria talvez tido em sua vida. Ele foi muito amável, mas já estava doente, e ficou de pensar no assunto. (Acabou não fazendo o depoimento.) Mas já ao telefone disse que talvez não fosse possível dizer nada sobre o assunto, porque o Braun dele, lhe parecia, não tinha muita força; ele se considerava legitimamente um gaúcho missioneiro, sem mais. O lado Braun, disse, era também gaúcho. Essas coisas que fazem pensar, quando se trata de entender o fenômeno do gauchismo atual. Braun não quer dizer Braun, tudo é já gaúcho. Nele, um sujeito nascido nos anos de 1920, já não se viam traços culturais teutos, eis que estavam devidamente subsumidos pela voragem da identidade maior, a gaúcha. Braun devia ser, para ele, menos que o Brown do Carlinhos, o negro de enormes ventas raciais (imagem do Nelson Rodrigues), o tremendo criador baiano, um vulcão criativo de fala incompreensível e ultrassonora e ultrarrítmica, o negro baiano que resolveu se chamar Brown, pelo marrom da pele, pelo sonoro do nome. Que descanse em paz o Jaime Caetano Braun, que fez sua parte aqui nesta vida. (Trilha sonora possível: o disco *Ramilonga*, de Vitor Ramil: "Se um dia a morte maleva me dá um pealo de cucharra...") Vai ver, ele já se juntou com Aparício Silva Rillo, Aureliano de Figueiredo Pinto e Cyro Martins, lá onde for, para improvisar seus versos e cantar aquele mundo fenecido, que cada vez mais se distancia de nós.

O último poeta maior morreu

João Cabral de Melo Neto
(Recife, PE, 1920 – Rio de Janeiro, RJ, 1999)

Domingo, 10 de outubro de 1999, um dia depois da morte do poeta

Em regra, um grande poeta ou artista só é medido em sua inteireza depois de sua morte, às vezes muito depois. Não é este o caso de João Cabral de Melo Neto, poeta maior da língua portuguesa toda, nascido em 1920 e falecido ontem, aos 79 anos e nove meses de vida. Há pelo menos duas décadas João Cabral ganhou lugar definitivo no universo artístico. Do tamanho dele, só três mais: Drummond, Fernando Pessoa e Camões, e estamos conversados. Agora, nos últimos anos, estava cego para o mundo que ele como poucos outros nos ensinou a ver.

Nascido no Recife, de família tradicional, proprietária de engenho, primo materno de Manuel Bandeira e paterno de Gilberto Freyre – duas figuras maiúsculas da cultura nacional –, João Cabral imprimiu no rosto e na alma da língua portuguesa sua marca, que aí ficou para sempre: a marca da secura, do antiderramamento, da antipieguice, a marca da reflexão aberta sobre as coisas da vida, muito especialmente da vida brasileira nordestina, que ele descobriu ser aparentada da vida ibérica profunda – João Cabral, diplomata desde 45, serviu principalmente na Espanha (Barcelona três vezes, Sevilha duas, Madri, mais Genebra, Berna, Barcelona, Assunção, Dacar, Tegucigalpa; nenhum posto charmoso, nenhum gosto pela frescura da diplomacia de punhos de renda). Para registro: em 52, foi processado por subversão, acusado de comunista. Demorou dois anos para se livrar dessa bagaceirice e ser reintegrado.

Foi um poeta rachado ao meio. Em sua própria definição, trabalhava em duas águas distintas, uma ligada intestinamente ao universo ressecado e duramente humano da dicção popular, da alma singela do povo, do cordel, e outra sofisticada, conectada a temas rarefeitos que dizem respeito à experiência artística do século XX, que acaba sem sua presença. Da primeira água o exemplo mais forte é *Morte e vida severina*, longo poema narrativo que encena, na alma da linguagem, a tragédia banal dos retirantes. Tão forte é a obra que ganhou os palcos do mundo e a música de um jovem Chico Buarque de Holanda. Nota curiosa a este respeito: João Cabral odiava música, qualquer uma, embora tenha reconhecido que o trabalho de Chico era perfeito – "Esta cova em que estás, com palmos medida, é a terra que querias ver dividida", escreveu Cabral, numa antiode que o Brasil teima em manter viva na prosa ordinária da atualidade.

Se odiava música, amava outras artes. Foi amigo de Miró, tendo encontrado nele uma espécie de irmandade só concedida a poucos artistas. Da mesma forma, celebrou o baile andaluz, arte em forma viva e não clássica. Cantou o futebol, raro torcedor do América que era, como meditou sobre a tourada. Quando se punha a falar do modo de ser brasileiro, o poema resultava em desnudamento da gordura pegajosa da fala dos coronéis nordestinos. Por isso mesmo, elogiou Graciliano Ramos em termos que expõem a afinidade profunda entre os dois, que escrevem como o sol estridente, "como se bate numa porta a socos".

Obsessivo na vida e na poesia, como qualquer gênio, antiefusivo e cerebral, João Cabral tomou o bastão de Drummond na poesia de nossa língua, e o entrega para ninguém. O milagre operado por ele, que consistiu em fazer arte com o que de menos nobre havia na experiência brasileira e em obrigar a linguagem a retorcer-se e ressecar-se para frutificar, nos deixa mais humanos, para sempre.

P.S.: Esse texto foi escrito para servir de necrológio, e não falou do prazer de conhecer sua poesia. Foi escrito no sábado, a horas de sua morte. E não sei como diga o tal prazer. Quando aprendi a lê-lo eu entendi muito sobre o Brasil, sobre a língua portuguesa, sobre a poesia.

A imprensa brasileira fez um pequeno escarcéu com sua morte, com toda a razão. E em quase todos os textos que li então se repisava a mesma nota: o fato de ele não deixar o bastão de maior poeta da língua para ninguém. Claro que houve tentativas de sondar o mundo dos vivos para detectar o herdeiro. Houve quem propusesse Ferreira Gullar, Haroldo de Campos, Adélia Prado, Manoel de Barros e outros, todos poetas de carreira consolidada, todos com méritos suficientes, e nenhum com a cara de "poeta maior".

Logo na semana seguinte, ao ler esses textos, me passou pela cabeça que eu também incorrera no tema da sucessão. E demorei um pouco até ter um pequeno e irrelevante insight: é que a ideia de procurar um sucessor para ele no posto maior da poesia brasileira, se não da língua portuguesa em geral, é equivocada. Não pela mera trivialidade de saber que não faz muito sentido uma nova eleição para "Príncipe dos poetas", como na primeira metade do século se fazia (e se elegiam algumas perfeitas nulidades de poesia fácil para agradar àquelas cinco senhoras gordas comendo pipoca, que segundo Nelson Rodrigues constituíam a plateia do teatro). Por outro motivo, que requer um parágrafo novo.

Muito simples: o problema é que a poesia deixou de ter eco na vida brasileira, e talvez na vida contemporânea em geral (salvo o caso de leitores profissionais, como os críticos, os poetas e os professores), o que explica o fato de não termos mais grandes poetas de livro como figuras referenciais da cultura do país. João Cabral foi o último dos bons poetas a estabelecer a majestosa torre de marfim de sua poesia no meio da praça pública antes do advento da canção popular, ou melhor, antes da Bossa Nova. Depois dela, tudo mudou, tudo se transformou: nem as cordas íntimas do pinho mais maravilhoso podem mais amenizar a dor dessa mudança. Podem Ferreira Gullar, Haroldo de Campos, Adélia Prado e Manoel de Barros se matarem de esforço para fazer a melhor poesia do mundo, e mesmo assim não acontecerá mais de conseguirem imprimir na alma brasileira, em profundidade e extensão, as marcas de sua presença. Essa tarefa passou para a canção popular, para Chico Buarque de Holanda, para Caetano Veloso, para Paulinho da Viola.

Como qualquer gênero artístico, também a poesia moderna (quer dizer, a poesia praticada a partir do Romantismo) passou, perdeu o viço de ser uma das formas representativas do mundo (como o romance também, falando nisso). Claro, isso não impede de aparecerem poetas líricos e romancistas de bom e ótimo nível; o caso é que os gêneros que praticam deixaram de ser representativos como alguma vez foram – basta pensar no aparecimento de Drummond e de João Cabral, de Graciliano Ramos e Erico Verissimo, na significação que alcançaram suas obras então, no desvelamento que operavam na cabeça e no coração dos leitores. O caso é que outras formas tomaram o posto, para o bem e para o mal. A canção e a telenovela, no universo brasileiro, vêm fazendo o serviço, tendo-se tornado, a partir dos anos de 1960, os gêneros mais ou menos literários confiáveis para o cidadão se abastecer de lirismo, de realidade, de meditação sobre a vida.

João Cabral, como seus pares de gênero fenecido, continuará a ser lido, por certo, mas como monumento de um passado que não volta mais. A assegurar sua permanência, estão aí sua qualidade superior, incontestável, e as inultrapassadas mazelas da vida que ele tematizou. O Brasil real ainda não mudou tanto a ponto de tornar *Morte e vida severina* inatual, por exemplo. E mudará?

Um libertário paradoxal

GILBERTO FREYRE
(RECIFE, PE, 1900-1987)

Você pode perfeitamente passar a vida sem ler Gilberto Freyre. Sem entrar em contato com suas brilhantes – e discutíveis – teses acerca da cultura brasileira. Sem vibrar com a frase longa e saborosa, sensorial e colorida, que caracteriza seus vários livros. Sem deparar com a mistura exata de complexidade sintática e clareza semântica de sua obra. Sim, você pode passar sem tais experiências. Mas não deve.

Gilberto de Mello Freyre, pernambucano de família antiga, que entronca com a mais antiga história da presença branca na região, teve infância um tanto problemática – até os 8 anos não tinha aprendido a escrever –, passa a uma juventude exuberante – é conferencista já aos 16 anos, discorrendo sobre o complexo tema da educação à luz de Spencer, filósofo inglês que aplicou a teoria da evolução de Darwin à filosofia – e daí a uma carreira intelectual nada menos que decisiva no debate sociológico e antropológico. No Brasil e no exterior, com enorme sucesso.

Não é exagero bairrista: Gilberto Freyre foi, de fato, um dos mais importantes intelectuais da primeira metade do século passado, no mundo das ciências sociais, não apenas em nosso país. Sua mais conhecida obra, de 1933, *Casa-grande & senzala*, foi responsável por uma pequena mas significativa revolução: era a primeira vez que se dizia, em alto e bom som, que a mestiçagem não era um problema, nem o mulato era menos inteligente do que os indivíduos tidos como puros. Para Freyre, isso tudo era uma espécie de vantagem civilizacional brasileira. Estava armada uma polêmica, ainda hoje viva e interessante.

O Brasil pela lente do determinismo

Gilberto Freyre faz parte de uma geração genial. Mário de Andrade nasceu em 1893; Oswald de Andrade, 1890; Carlos Drummond de Andrade, 1902; José Lins do Rego, 1901; Erico Verissimo, 1905; Sérgio Buarque de Holanda, 1902. Nem vamos falar de Vinícius de Moraes, Cecília Meireles, Jorge Amado, Jorge de Lima e tantos outros. É talvez a mais importante geração de escritores e pensadores jamais surgida no Brasil. Trata-se de um grupo que, no rigor do termo, revolucionou o que se pensava sobre o país, sobre sua história e seu futuro.

Mas nenhum deles formulou nada de muito relevante antes da década de 1920. Até então, a reflexão nacional acerca da cultura brasileira pode ser dividida em duas grandes fases: nas décadas posteriores à Independência (1822), produziu-se uma interpretação nacionalista que celebrava a natureza brasileira como diferencial de nossa identidade, como ponto a nosso favor num imaginário campeonato mundial de virtudes nacionais; já a partir da década de 1870, no contexto da campanha abolicionista e republicana, passou-se a uma análise de tipo determinista, inspirada em Charles Darwin e no crítico literário francês Hippolyte Taine (1828-1893), que gerou, de um lado, a literatura naturalista (*O cortiço*, de 1890, é o grande exemplo) e, de outro, uma interpretação negativa das condições brasileiras – o calor do trópico seria um impeditivo da inteligência, e a miscigenação racial seria o caminho da perdição.

Um ponto alto dessa visão encontramos na obra de Euclides da Cunha (1866-1909), torturado escritor de *Os sertões* (1902), mais importante que outros pensadores de relevo naquele momento, como Manoel Bonfim (1868-1932) ou Raimundo Nina Rodrigues (1862-1906). Mas Euclides é ponto tão alto que, a rigor, representa quase uma superação daquela visão: para Euclides, um evolucionista, aquelas pobres gentes do interior da Bahia, carregando mazelas vistas como marcas raciais, tinham o mérito indiscutível de haverem encontrado uma alternativa histórica para sua pobreza. Seu brilhante e difícil livro à sua maneira subscreve a perspectiva determinista, que julga serem incontornáveis os condicionantes de raça, meio e momento histórico. Tal era o estado das coisas no começo do século XX. O Brasil era um país agrário e atrasado, contrastando com uma vida cultural sofisticada em algumas cidades. Em 1901, Graça Aranha publica seu romance *Canaã*, verdadeiro debate sobre as teses deterministas, transplantado num cenário rural em que dois imigrantes alemães avaliam o futuro do Brasil; enquanto isso, no Rio de Janeiro, a capital, havia sido criada a Academia Brasileira de Letras em 1897, cópia mais ou menos tola da estrutura da Academia francesa. Os escritores e pensadores aparelhados de visão crítica apontavam as limitações de nosso desenvolvimento econômico e social em obras como *O triste fim de Policarpo Quaresma* (1915), do carioca Lima Barreto, ou *Urupês* (1918), do paulista Monteiro Lobato. O povo brasileiro estava em baixa, na avaliação de nossos intelectuais. A geração de Gilberto Freyre iria mudar o panorama, radicalmente.

Formação

O centenário da Independência parece ter levado os brasileiros a um surto de inteligência, em associação com os festejos. Não foi apenas a Semana de Arte Moderna, em São Paulo, um evento de alta significação para o futuro. No Rio, por exemplo, o ano de 1922 viu acontecer pelo menos um fenômeno de genialidade: para comemorar os cem anos do Grito do Ipiranga, e aproveitando o fato de o rádio estar entrando em funcionamento no país, promoveram-se apresentações de músicos e cantores; entre eles, estava o grupo Os Batutas, de Pixinguinha, que mal havia retornado da Europa: o Brasil passava a aceitar o choro, gênero brasileiro que até então não dava cartaz para ninguém. (No ano anterior, o mesmo grupo havia feito temporada em Recife. Aliás, também em Recife é que se inaugura a primeira estação de rádio no Brasil, no ano de 1922 mesmo.)

E Recife é a terra de Gilberto Freyre. Uma cidade com farta história, sede de capitania hereditária, burgo desenvolvido no período de dominação holandesa no Nordeste brasileiro, grande centro intelectual no século XIX, em cuja universidade iam estudar os filhos da elite de várias partes do país.

O menino Gilberto, para superar as dificuldades de seu aprendizado, foi colocado sob a orientação de um professor de desenho e de um professor de Inglês. Resultado: aprendeu com gosto o idioma do professor. Dali a alguns anos, quando já estava fazendo seus estudos universitários nos Estados Unidos, um outro professor sugere que Gilberto se dedique à literatura – em língua inglesa. Insinua que ele possa desenvolver-se na língua de Shakespeare tanto quanto o também estrangeiro Joseph Conrad, de origem polonesa, autor de clássicos como *Lord Jim* e *O coração das trevas*.

Seu pai era juiz e professor (Latim, Português e Francês, língua esta que vai ensinar ao filho), e sua mãe era tipicamente uma senhora da elite local, dotada de ótima formação escolar, com freiras francesas. A família não tinha mais o dinheiro das gerações anteriores, chegando a passar algumas dificuldades. Mesmo assim, dispunham de vasta e poderosa parentela. No engenho de um parente é que Gilberto, aos 9 anos, terá a sua "temporada de menino de engenho", vivendo diretamente a experiência ancestral de contato com a produção de açúcar, com as relações sociais afamiliadas que misturavam brancos e negros, com aquilo que ele chamará, anos mais tarde, de "amolecimento" dos aspectos hostis da vida ali. Estuda de 1908 a 1917 no Colégio Americano no Recife, de missionários batistas norte-americanos (onde o pai lecionava). Para quem gosta de anotar paradoxos, por sinal úteis para pensar sobre Gilberto Freyre, este é o primeiro: num mundo criado pela colonização profundamente católica dos portugueses, mundo que será objeto de interpretação criativa em sua obra, ele é educado por protestantes. E é na Universidade Baylor, em Waco, Texas, que ele vai-se graduar em Letras e Ciências Humanas, em 1920. Ali conhece poetas do porte de William B. Yeats e R. Tagore e passa a ler com intimidade os ensaístas de língua inglesa, com cujo estilo à vontade se identifica. Dali segue para nada menos que Nova York, na Universidade de Colúmbia, onde em 1922 obterá o título de mestre em Ciências Políticas, Jurídicas e Sociais, com tese intitulada *Vida social no Brasil de meados do século XIX*. Um de seus professores foi Franz Boas, e dele Freyre aprendeu, segundo contou, a não misturar *raça*, conceito--chave para a geração anterior e origem de várias teses racistas, e *cultura*, esta uma construção humana que pode ser modificada pela ação. Estava aberto o caminho para reavaliar a cultura brasileira, e nela o papel até então menor do mestiço.

Já era um feito notável: um filho das oligarquias agrárias decaídas do Nordeste brasileiro, auxiliado por bolsa de estudos, fazia formação científica moderna, mas em ciências sociais, não em Direito ou Engenharia ou Medicina, e não num país europeu, e não em Francês, como era uso, e sim nos progressistas Estados Unidos da América, que logo em seguida, na passagem da década de 30 para a de 40, viriam a ser o novo polo hegemônico da economia ocidental, a sede do novo imperialismo.

Mas isso só depois. Porque eu 1922, enquanto em São Paulo o Modernismo dá seus gritos e Pixinguinha traz o choro de volta ao berço brasileiro, Gilberto Freyre acaba de ganhar seu título de mestre e começa a jornada para conhecer o Velho Continente. França, Bélgica, Inglaterra, Alemanha, Espanha e Portugal. Conhece muita gente de futuro, como os pintores Vicente do Rego Monteiro e Tarsila do Amaral. E prepara a volta ao Brasil.

De volta ao Brasil

No ano seguinte, está no Recife, aparelhado da ciência social moderna e disposto a escrever um estudo singular, que nunca realizou: uma história da vida de menino no Brasil. Naturalmente a base será autobiográfica, como de resto acontecerá com vários estudos seus. Enquanto isso, enxerga o horror que está sendo praticado em sua cidade: em nome do progresso e da modernidade, Recife está perdendo os sobrados antigos e ganhando prédios altos, e as antigas ruas perdem espaço para as avenidas. Nessa espécie de pororoca cultural – moderna sociologia, volta à terra natal, urbanização modernizante, fim da velha identidade – vai-se forjando em Gilberto Freyre a convicção de que algo precisa ser feito. E esse algo terá o nome de Centro Regionalista do Nordeste.

A ideia é mais do que simplesmente promover a preservação do patrimônio edificado. Trata-se, por assim dizer, de refundar a identidade local, vista agora pelas lentes de certa sociologia moderna. O acaso contribui oferecendo a ele um trabalho de rara combinação de interesses: o jornal mais antigo em circulação no Brasil, o *Diário de Pernambuco*, está por completar seu centenário, em 1925, e contrata o jovem sociólogo para organizar um livro alusivo à data. E assim nasce o *Livro do Nordeste*, com enfoque interdisciplinar e a colaboração de muita gente talentosa, como um conterrâneo que está fora, Manuel Bandeira, que participa com o sensacional poema "Evocação do Recife".

Em 1926 ocorre finalmente o encontro entre Freyre e a capital brasileira, após ter conhecido os Estados Unidos e a Europa. No Rio, em companhia de Manuel Bandeira, Prudente de Morais Neto, Sérgio Buarque de Holanda, Heitor Villa-Lobos e Rodrigo de Melo Franco Andrade – intelectuais e artistas decisivos para o futuro da cultura brasileira –, ele percorrerá a velha cidade, admirando-a porque ela não se entregou totalmente às facilidades da modernidade apressada: se havia a Avenida Central tinindo de nova, havia ainda a antiga rua do Ouvidor. Com alguns desses parceiros, terá um memorável encontro com outra turma decisiva para o futuro do país: Pixinguinha, Donga e seus amigos. A erudita elite encontrando o pessoal boêmio: a cultura letrada batendo papo com a cultura oral e musical, na noite do Rio. Gilberto Freyre é um dos primeiros – ele foi pioneiro em muitas coisas – a chamar a atenção para a grande qualidade cultural da música popular no país, como representação de um jeito singular de ser.

O que estava acontecendo na rotina de sua vida era algo que Freyre ainda não tinha formulado claramente, mas já intuía: que as melhores coisas brasileiras tinham mistura, não tinham pureza, nem pensavam em ter. O Brasil se expressava em maneiras híbridas, que combinavam coisas que a Europa e os Estados Unidos nem pensavam em aproximar. E tudo isso era turbinado naquele momento em que correntes modernistas se expressavam fortemente: em 1926, ele ajuda a promover o Primeiro Congresso Regionalista, no Recife, que viria a ser um importante sinal para a síntese que estava sendo buscada, entre um desejo de modernização, de um lado, que no entanto não se fizesse sobre os escombros do passado, de outro. Era bem diferente do modernismo vanguardista dos paulistas, que saudavam a vida urbana frenética sem cuidados de preservação do passado. (É desse ano o famoso *Manifesto regionalista*, publicado apenas em parte na época, mas com grande repercussão.)

Em 1927, começa a trabalhar como secretário particular do governador de Pernambuco, um parente seu. Além disso, trabalha para a imprensa, palpitando em tudo que pode, e é nomeado professor da Escola Normal do Recife, onde orienta suas alunas a realizarem pesquisas de rua, conversando com as pessoas para registrar o que, na frieza das catalogações, será chamado de folclore. Mas vem a Revolução de 1930, e o chefe de Gilberto Freyre bate de frente com ela. Resultado: o governador foge, com seu secretário, sem tempo de pegar sequer alguns livros. Vão para Portugal. Enquanto isso, o sociólogo terá sua casa invadida por inimigos políticos, que destroem parte de sua biblioteca e suas notas.

Casa-grande & senzala

A obra magna que traz no nome um par tão significativo do passado brasileiro – a casa-grande, moradia dos brancos, e a senzala, dos negros, tudo isso no engenho produtor de açúcar – é editada em 1933. (Para a coleção de paradoxos: Gilberto Freyre parece ter cultivado minuciosamente o gosto pelo contraste. Basta ver os principais títulos de sua volumosa obra escrita. Além de *Casa-grande & senzala*, temos *Região e tradição*, *Sobrados e mucambos*, *Ordem e progresso*, *Aventura e rotina*, *Alhos & bugalhos*, *Modos de homem & modas de mulher*.) O sucesso é imediato e estrondoso: depoimentos de época dão conta do estouro que foi conhecer um livro escrito em linguagem tão livre, voluptuosa, e mais ainda um livro de concepção tão ousada, que fazia um relato dos tempos coloniais do Brasil (muito particularmente de Pernambuco, tomado como referência geral) para demonstrar que a mestiçagem não era um problema, como até então se pensava, mas uma vantagem – era ela que garantia a singularidade brasileira.

O nascimento da obra-prima foi das mais estranhas. Freyre estava no exílio, em Portugal, vivendo precariamente. Lá, entre uma e outra tarefa como secretário do governador deposto, aproveitava o tempo para pesquisar o que podia sobre a colonização brasileira. Lá germinaram as ideias iniciais do livro – há quem diga, de piada, que o melhor fruto da Revolução de 30 foi ter obrigado Gilberto Freyre a se concentrar para redigir obra de fôlego. O certo é que o autor, nesta altura, abandona a ideia de uma história dos meninos, para abraçar um projeto mais ousado: escrever um ensaio para tentar definir a formação da brasilidade, aquilo que nos definiria como singulares em relação a outros países ou povos. (Freyre não é primeiro a tentar a façanha, muito menos será o último. Em sua geração, pelo menos mais dois clássicos compartilham a vontade de entender a formação nacional: Sérgio Buarque de Holanda, que publica em 1936 seu magnífico *Raízes do Brasil*, e Caio Prado Júnior, que apresenta em 1942 a *Formação do Brasil contemporâneo*. Com poucos anos mais, o Brasil ainda teria a graça de contar com outros monstros do pensamento crítico formativo: no fim dos anos 50, aparecem *Formação econômica do Brasil*, de Celso Furtado, *Os donos do poder – formação do patronato político brasileiro*, de Raymundo Faoro, e *Formação da literatura brasileira*, de Antonio Candido.)

Por sorte do destino, Freyre recebe um interessante convite para ministrar algumas aulas na universidade Stanford, nos Estados Unidos. Aproveita a ocasião e viaja por terra da Califórnia a Nova York; conhece o Novo México e Arizona, que lhe lembraram a paisagem sertaneja, e o sul dos Estados Unidos – Louisiana, Alabama, Mississipi, as Carolinas, Virgínia –, região monocultora e escravista como o seu Nordeste natal. Por comparação e contraste, as peças do quebra-cabeça formativo brasileiro começavam a se arrumar.

Na volta ao Brasil, e ainda passando dificuldades econômicas (nos anos futuros, Freyre lembrará de ter passado até fome nesta altura), escreve *Casa-grande & senzala*. Conta como os negros, índios e brancos conseguiram, na estrutura da fazenda açucareira, viver em relativa harmonia, baseada um tanto no temperamento moldável do português, que já tinha longa experiência de convivência e mesmo mestiçagem com outros povos, em seu país, outro tanto na necessidade que os portugueses sentiam de conseguir mulher – como não havia brancas, teriam decidido acasalar com negras e índias. E estas os aceitavam alegremente, formando o fenômeno único, segundo ele, da mestiçagem em alto grau e profunda significação.

No prefácio, Freyre relata que, para entender o valor positivo da mestiçagem, precisou ultrapassar preconceitos com os quais fora criado intelectualmente. Teria sido o contato com Franz Boas, o grande antropólogo, o responsável por essa conversão. Pois foi acontecer essa mudança e Gilberto Freyre cair de boca, por assim dizer, na matéria nacional: ali no trópico, onde os deterministas diziam não ser possível haver civilização, ele detectou a mestiçagem como fenômeno de aclimatação e construção social – e isto visto agora não mais como um defeito. O resultado é que em *Casa-grande & senzala*, assim como em vários outros livros, o sexo ocupa papel de alto destaque, tudo sendo contado de forma muito aberta, sem pudores moralistas.

Para o livro, Freyre aportou base documental nova: consultou e citou diários, cartas, receitas de cozinha, livros de viagem, confissões à Inquisição, livros de modinhas e de poesias, notícias de jornais, fontes até então tidas como secundárias. Não admira que, mesmo sendo suas teses contraditadas muitas vezes, especialmente pelo ângulo do marxismo (que considerava, com boa dose de razão, a tese da acomodação das tensões sociais via mestiçagem um mascaramento do racismo e da luta de classes), seus livros tenham ganhado novo sentido de leitura dos anos 80 para cá, com a perspectiva da história das mentalidades, da história do cotidiano, etc. Mais um pioneirismo.

Vento a favor

A tese da mestiçagem como fundamento do Brasil pode até ter sido vista como ousadia, num primeiro momento. Mas em seguida, no contexto do governo de Getúlio Vargas, ela ganhou um enorme fôlego. Parece ter havido uma total sintonia entre o desejo de Vargas de centralizar o poder e derrotar as oligarquias regionais, com vistas a industrializar o Brasil, e a interpretação de Freyre para a mistura cultural brasileira – os dois estavam, de certa forma, em busca de sínteses unificadoras. A ideia de *Casa-grande & senzala* ainda tinha mais: ao dar sentido positivo à mestiçagem, abria caminho para outras misturas – não admira que, já nos anos 30, o governo brasileiro oficialmente obrigue ao fim dos símbolos estaduais e regionais (as bandeiras dos estados foram simbolicamente queimadas), reprima os espaços culturais estrangeiros no Brasil (proíbe-se o ensino em alemão e italiano) e escolhia o samba como a cara do Brasil.

Mais um paradoxo? O libertário e sensual Gilberto Freyre, ex-exilado de Getúlio, levou água para o moinho do poder discricionário do Estado Novo. No fim das contas, as relações do sociólogo com o poder nunca foram lineares. Já em 1942 está na oposição a Getúlio, sendo preso e espancado (junto com seu pai). Apoia a candidatura de Eduardo Gomes, é quase ferido a bala num comício; se elege deputado constituinte e desempenha curta carreira parlamentar, pela UDN. É um período em que Freyre está no auge do prestígio: saudado em seu próprio país, recusando convites para ser professor nos Estados Unidos e aqui (ele ainda negaria várias oportunidades assim, ao longo dos anos), sua obra recebendo traduções. No total, foi agraciado com nada menos que 11 títulos de Doutor Honoris Causa (sete no exterior, incluindo Colúmbia, nos Estados Unidos, Oxford, na Inglaterra, Münster, na Alemanha, e Sorbonne, na França). Este raro caso de sociólogo de origem aristocrática antielitista, porém, entrará numa fase de baixa a partir de 1964.

Gilberto Freyre não apenas apoia o golpe militar, como pede a cabeça do reitor da Universidade do Recife – alguém chegou a falar em "tara direitista" para designar o fenômeno. Em 72, em outro rasgo que mistura seu passado de ousadia libertária com um visionarismo direitista, escreve um projeto para a ARENA (Aliança Renovadora Nacional, o partido de sustentação da ditadura) propondo políticas para a superação das diferenças raciais no Brasil, tendo como objetivo forma um povo "além-raça", arremedo amesquinhado das teses de um filósofo de sua predileção, Nietzsche. Na mesma época, para escândalo de qualquer cabeça razoavelmente pensante, apoia ostensivamente o ditador português Antônio Salazar e sua política de anacrônico colonialismo na África, sob o argumento de que ali se salvava o *lusotropicalismo*, suposta civilização singular no contexto mundial.

Últimos tempos

A súmula de seu pensamento não é simples de formular – ele cultivava o paradoxo, lembra? Em todo o caso, dá para arriscar: o Brasil tinha tido a felicidade de contar com a colonização portuguesa, disponível para a mestiçagem com negros e índios, isso fazendo seu máximo sentido na estrutura da fazenda açucareira patriarcal, que diferia muito do estilo conquistador dos bandeirantes, os portugueses ao sul, assim como diferia da civilização forjada pelos cavaleiros e pecuaristas, por exemplo no Ceará; quando veio a Independência, o centro de gravidade da sociedade brasileira passa para a cidade, matéria examinada em *Sobrados e mucambos*, em que se enxerga a vida não mais como uma espécie de síntese, para a qual todos cooperam, tal como acontecia, segundo ele, na fazenda, mas como uma luta; mais adiante, como diz o subtítulo de *Ordem e progresso*, que é o terceiro volume de uma série concebida sob o título geral *Introdução à história da sociedade patriarcal no Brasil*, aquela sociedade composta sobre a base da família patriarcal irá ruir: daí a expressão *Processo de desintegração das sociedades patriarcal e semipatriarcal sob o regime do trabalho livre*.

Interessado em preservar os traços de identidade regional de sua terra, como se observa por seu carinho para com aspectos cotidianos como a cozinha nordestina e a música popular, queria também a modernização, como se vê na atitude científica avançada que defendeu, no campo da antropologia e da sociologia. Mas não queria o modernismo à paulista, e sim um que conciliasse patrimônio e vanguarda. Poderia ser chamado de nacionalista? Sim, mas com diferenças substantivas em relação ao nacionalismo romântico europeu, que pretendia, em alguns casos, uma simbiose entre nação e raça pura, coisa que para Freyre era simplesmente descabido. Antielitista, antimachista, antirracionalista, libertário (em 1980, deu entrevista à revista *Playboy* e confessou até uma experiência – insatisfatória – de homossexualismo, na juventude) mas politicamente conservador e mesmo reacionário, sem por isso deixar de discordar da censura do regime militar – tudo isso cabe como descrição aproximada de sua obra e de sua vida.

Adorava falar e escrever. Seus livros são redundantes, caudalosos, despreocupados com a rigidez do argumento. Não admira, então, preferir S. Agostinho, Pascal e Nietzsche, contra S. Tomás, Descartes e Kant: Gilberto Freyre era antissistêmico (e por isso antijesuítico), contra as totalizações racionais e a favor da intuição, o que explica parte de seu gosto pelo paradoxo, pela contradição, pelo modo à vontade de pensar. Quis ser escritor, na infância, e foi. Praticou o gosto pelas coisas da sua terra e celebrou em público seu próprio desejo – segundo os que não gostam desse estilo desbordado, era um narcisista ululante, o que de fato se verifica em várias passagens, por exemplo numa autoentrevista em que não apenas expõe conceitos mas se autocongratula: acusado, por ele mesmo, de ser preconceituoso contra a obra de gente por quem nutria antipatia, respondeu: "Acha? Considero-me incapaz de uma mesquinharia contra intelectual ou artista ou mesmo político de minha antipatia pessoal. Mas é possível que me engane e você tenha razão. Não hesite em castigar-me com suas críticas."

Agora, cá entre nós: o que pode querer mais um estudioso de uma terra colonizada do que a consagração acadêmica como a que Freyre recebeu? Ele poderia querer a consagração popular, dirá você. Bem, aqui vai ela: sua principal obra, *Casa-grande & senzala* (com esse & a indicar a conciliação brasileira), foi adaptada para cinema e teatro, com música especialmente composta; e mais ainda, suprema glória para um sensual como ele, foi tema-enredo da escola de samba Mangueira. Podia querer mais? Dá até para perdoar mais um paradoxo: o velho senhor que havia sido um jovem protestante, o libertário que apoiou governos conservadores, o renovador intelectual que quis cassar um reitor, este senhor na hora da morte recebeu os sacramentos católicos. Ninguém que elogia a mestiçagem impunemente é de ferro. Muito menos ele, que cunhou um derradeiro paradoxo para definir-se: Gilberto Freyre se concebia como um anarquista construtivo.

Reacionário mas autocrítico

NELSON RODRIGUES
(RECIFE, PE, 1912 – RIO DE JANEIRO, RJ, 1980)

Há mais de um Nelson Rodrigues, como todos sabem; ao menos três são bem conhecidos. O teatrólogo é já objeto de reconhecimento adequado: constantemente encenado e revisto por diretores de primeiro plano, seu teatro é estudado em toda parte em que haja inteligência crítica. O narrador de contos e romances passou da intensa recepção popular em seu tempo de vida (Nelson viveu entre 1912 e 1980) ao quase esquecimento na década seguinte, até ganhar nova vida em adaptações para a televisão, muitas vezes girando em torno do título "A vida como ela é...", de vocação realista – mas não esqueçamos as reticências do título, que Nelson tanto prezava.

Mas há o Nelson cronista, que, examinado de perto, não é bem um cronista (assunto para daqui a pouco). Em vida, publicou milhares de textos em várias colunas de muitos periódicos ao largo de vários anos, versando assuntos sem muita nobreza, muito em especial o futebol, um dos temas de eleição de seu espírito. (Nascido no Recife, veio com a família para o Rio de Janeiro, onde viveu a partir dos 4 anos de idade; era torcedor do Fluminense.)

Pois este lado de sua produção escrita ainda está por merecer mais atenção. No campo editorial, podemos considerar que ele anda circulando bastante: depois de uma década inteira de ausência das livrarias, depois de sua morte, eis que renasceu, primeiro pelas mãos de Ruy Castro, autor de sua biografia e editor de uma excelente coleção de textos seus, os de prosa de ficção e as crônicas, que colocou no mercado mais de dez volumes, pela Companhia das Letras. Depois, Caco Coelho deu às prateleiras mais um punhado de volumes, que iam além do material preparado por Ruy Castro. Mais recentemente, já pela editora Agir e sob responsabilidade de Sônia Rodrigues, vários volumes reapareceram, em outra concepção editorial; e em 2012 nova rodada de edições, pela Nova Fronteira. (Para quem é do ramo, essas mudanças têm profundas implicações, de forma e conteúdo; poupo o prezado leitor disso, porém.)

O Nelson do teatro é cada vez mais reconhecido como um raríssimo caso de dramaturgo trágico, no mundo moderno; o ficcionista dos contos e romances parece ser lido por motivos outros, ligados à fotografia dos costumes das classes médias brasileiras dos anos 50, costumes que estariam mais ou menos vivos, ainda. E o cronista?

Em vida, Nelson publicou quatro livros no campo da crônica (em seguida vamos ter que mudar o termo). São eles: *A menina sem estrela – Memórias* (1967); *O óbvio ululante – Primeiras confissões* (1968); *A cabra vadia – Novas confissões* (1970); e *O reacionário – Memórias e confissões* (1977). Deu pra ver que o autor os qualificou com dois termos, isolados ou combinados: memórias e confissões. Não usou "crônica".

Ocorre que o termo "crônica" é familiar; evoca o texto relativamente ameno, bem-escrito, com doses variáveis de dengo, singeleza e humor, no jornal e na revista ou em livro. Tal cartaz procede basicamente de Rubem Braga, que fez sua carreira especificamente como cronista. Depois dele e muito por causa dele, sobe à vintena, ao menos, o número de brasileiros praticantes em alto nível: Antônio Maria, Paulo Mendes Campos, Ivan Lessa, Aldir Blanc e Luis Fernando Verissimo sirvam de exemplo elevado.

Nelson não faz boa figura nessa companhia. Não porque não tenha domínio análogo do texto, ou porque lhe falte algum dos ingredientes; ocorre que nele há outros elementos centrais, especialmente dois: um apetite para as profundezas dos temas abordados, que desmente o aspecto relativamente turístico da crônica acerca dos assuntos que aborda, e um humor ferozmente crítico e autocrítico, muito longe das amenidades com que a crônica em geral se contenta.

"Memória" e "confissão" são os dois termos eleitos pelo autor para qualificar seus livros; eu acrescento "ensaio", num sentido específico: no mesmo terreno real e no mesmo espaço imaginário das crônicas, Nelson Rodrigues praticou o ensaio à maneira de Montaigne. Um misto de memória, confissão, autoexame, palpite, relato sobre a realidade presente, tudo isso e mais alguma coisa. Mas sempre numa levada que funciona, para o leitor, como um espetáculo dramático em escala pequena: é como se Nelson falasse mais para si, para o espelho, para sua própria consciência, sem desconhecer que estava, em cada um dos parágrafos, sendo visto pelo leitor, transformado em testemunha de um processo comovente e movimentado.

As datas dos livros de Nelson não podem ser ignoradas: 67, 68, 70 e 77. Os três primeiros reúnem crônicas de fevereiro de 67 a outubro de 1968 – o que equivale a dizer que foram escritos e circularam, em sua primeira encarnação, a de jornal, *antes* do fatídico AI5, promulgado em dezembro de 68 e responsável por um enorme recrudescimento da censura e das perseguições ao mundo cultural universitário e de esquerda.

Vale uma nota semiacadêmica: um texto de Roberto Schwarz que merece revisitação, a propósito, é "Cultura e política, 1964-1969 – Alguns esquemas", de seu livro *O pai de família*; foi escrito no calor da hora e constata a relativa hegemonia de esquerda no panorama cultural posterior a 64 e anterior ao AI5: editava-se muito, discutia-se bastante, experimentava-se de todos os modos. (O mesmo Schwarz publicou em 2012 um ensaio de fôlego para analisar as memórias, por sinal também ensaísticas, de Caetano Veloso, saídas em 97 com o título de *Verdade tropical*: cenários, dilemas, posições políticas e estéticas, tudo ecoa ainda aquele período.) O mundo dos políticos profissionais estava desde abril de 64 sob ditadura, mas o universo cultural a rigor só passou a tomar porrada mesmo na virada de 1968 para 69.

Naquele momento anterior ao AI5 se apresentaram na mesa alguns dados tão essenciais para o futuro do Brasil que por vezes se tornam invisíveis: a melhor geração da canção brasileira de todos os tempos, hoje na maturidade setentona, ali deu as caras, nos meios elevados da canção de protesto ou da Tropicália, mas também nos meios pop da Jovem Guarda e da música negra brasileira; em teatro e cinema, outra era dourada, com escritores, encenadores, atores e diretores excelentes; por seu lado, a tevê não sabia o que fazer direito ainda, e a literatura parecia estar sentindo o golpe dos meios mais quentes de comunicação; o debate político corria solto, com forte presença de posições de esquerda, em particular no mundo universitário – em outubro de 68 ocorreu o famoso Congresso da UNE em Ibiúna.

Pois foi nessa especial esquina história que o ensaísta Nelson Rodrigues atingiu seu ponto de excelência no texto curto, nos três primeiros livros. (O quarto traz já no título o rótulo que Nelson recebera – sem reclamação, e pelo contrário, com visível gosto – do mundo cultural, este em que a esquerda jogava de mão: reacionário. De fato, o cronista se identificava com os militares no poder e criticava a esquerda cultural, jornalística e universitária; não será por outro motivo que este é um livro carregado de melancolia, bem mais sombrio, menos humorado que os anteriores.) Há matizes, mas no centro é isso mesmo.

Voltas que o mundo dá: agora, sob Lula e Dilma, alguns comentaristas antiesquerdistas evocam Nelson Rodrigues em seu favor, como seu aliado ou álibi. Têm razão? Quanta razão?

Que eu saiba, ainda não foi feita uma leitura minuciosa das posições políticas de Nelson Rodrigues que estendesse na linha do tempo, em momentos específicos, as condições de seu inegável reacionarismo. (O autor das presentes linhas, que se identifica politicamente com a esquerda reformista, enfrentou alguma cara feia quando decidiu escrever seu doutorado sobre a crônica de Nelson; por sorte, sempre teve a parceria de leitores de alto discernimento, em particular Aníbal Damasceno Ferreira.) Uma conta assim poderia ajudar a posicionar com clareza a coisa.

Exemplos. Nos três primeiros livros de crônica, aparece já a posição anticomunista de Nelson, com clareza; mas ela sempre vem marcada por elementos que transcendem a conjuntura imediata – ou porque enfocam temas mais amplos (a arte de vanguarda, séria, versus a vida cotidiana, afetuosa; o paulista empreendedor e calado versus a cálida socialidade carioca; situações da memória familiar em contraste com a cultura exigente, etc.), ou porque fazem caricatura com certos tipos sociais (a grã-fina de inclinações esquerdistas que lê Sartre e Marcuse e entende pela rama; as elites sociais conformistas; o padre de passeata que se recusa a considerar a transcendência; o esquerdista que não corre riscos, porque vive no bar, bebendo; o intelectual subdesenvolvido, que tem medo de pensar autonomamente; o jovem endeusado pela avassaladora moda da época, entre outros), nos dois casos avançando comentários sobre a condição geral do país no Ocidente.

Em esquema: até o AI5, o ensaísta Nelson Rodrigues é sim antiesquerdista, mas o que mais ressalta em seu texto é algo de superior à política. Algo que combina humor e verve analítica, insights sobre a vida brasileira, em particular a do Rio de Janeiro (já ex-capital administrativa mas ainda o centro da cultura letrada do país), mais alguma melancolia pessoal cifrada em reminiscências sempre duras, tudo isso mesclado a depoimentos de sua carreira de escritor.

No campo estritamente político, ressalta uma clara intenção de diferenciar-se das posições comunistas: Nelson abomina a União Soviética ("um monumento de excremento e sangue"), a China e Cuba; ridiculariza os que levam a sério o exemplo de Mao e os que atendem ordens de Cuba, "uma Paquetá". Isso tudo deriva, talvez, de uma questão espinhosa – Nelson exorciza o apavorante fantasma de sua geração, o pacto Hitler-Stalin, que, confessa, não teve coragem de combater em seu momento, em 1942, por conveniência e medo, medo que o maduro cronista desconhece, em 67 e 68.

Já o que se lê no quarto livro, de 1977, é de outra ordem: reunindo textos que foram ao jornal entre 69 e 74, este volume carrega uma amargura assustadora, nas antípodas de seu humor característico. Nele, o autor declara que saudou a intervenção militar desde o começo; defende Gilberto Freyre contra o ostracismo a que o relegou a esquerda; ataca a educação sexual e a psicanálise.

Mas também neste volume vamos encontrar uma constante, que estava já nos livros anteriores e não deixa de existir nem mesmo em seu mais apavorante reacionarismo: a defesa da liberdade artística, acima de tudo. Não aceita a censura, ele que foi uma vítima constante dela; ataca a prisão de Augusto Boal em 71, como havia saudado o ataque de Caetano à plateia em 68 e o lirismo de "Sabiá" no mesmo ano. Em uma palavra, em todo o momento Nelson pratica, em sua crônica-ensaio, a defesa intransigente, de vez em quando patética (e alguma vez paradoxalmente combinada com a defesa do mando militar no país), da liberdade individual.

Colocado no mapa da tradição moderna ocidental cujo epicentro é a França, para o Nelson Rodrigues pensador, este que se expressa diretamente nesses preciosos textos, pesa mais a liberdade do que a igualdade e a fraternidade. E nisso ele é um dos grandes, porque sabe combinar a genuína defesa da condição individual, dele ou de qualquer cidadão autônomo, com a coragem para o autoexame e a autocrítica (em seus endeusadores atuais há algo disso?), tudo escrito numa linguagem que, bem, vou te contar. Nem vou te contar.

Ressentido e talentoso

LIMA BARRETO
(RIO DE JANEIRO, RJ, 1881-1922)

João Henriques de Lima Barreto e Amália Augusta Pereira Carvalho viram nascer seu primeiro filho no dia 13 de maio de 1881, naquele Rio de Janeiro próspero e agitado, cidade cosmopolita e capital do Império do Brasil, 15º porto do mundo em volume de comércio, nas Américas atrás apenas de Nova York e Buenos Aires. O rebento se chamou Afonso Henriques de Lima Barreto.

Essa podia ser a crônica inicial de um filho da elite brasileira – já os dois prenomes poderiam dar essa impressão –, mas não; é a notícia do nascimento de um filho da classe média baixa, homem que no futuro viria ser um escritor de obra vasta, irregular, significativa como poucas outras, mal editada e largamente problemática, toda ela, porém, marcada de um vivo inconformismo que de vez em quando chega à crítica organizada do mundo e quase sempre transborda ressentimento.

Obra que agora fica mais nítida e mais acessível em função de duas edições de grande valor. A primeira é um volume charmoso, com capa dura, ilustrações e trato editorial apurado, editado pela Cosac Naify, trazendo duas obras de Lima Barreto bastante desconhecidas e estritamente aparentadas entre si, seu *Diário do hospício* e o romance inacabado *O cemitério dos vivos* (com organização de Augusto Massi e Murilo Marcondes de Moura). Além dos pungentes textos, o volume traz ótimas notas ao pé da página, como convém ao leitor saudável que não gosta de ser constantemente remetido lá para os confins do livro, e, ao final, um inteligente apêndice contendo vários pequenos textos sobre o mesmo tema – o hospício, a loucura – mas de outros autores brasileiros do período, como Machado de Assis, Olavo Bilac e Raul Pompeia.

O outro é *Contos completos de Lima Barreto*, edição da Companhia das Letras, organizado e apresentado por Lilia Moritz Schwarcz. Também este volume, que reuniu 152 contos do autor (aqueles publicados em livro por ele, mais uma série de outros garimpados em jornais e ainda alguns inéditos, tirados de manuscritos), apresenta valiosas notas, tanto de ordem documental (local e condições em que o texto foi publicado pela primeira vez, entre outros aspectos), quanto de ordem crítica e interpretativa. Mas para lástima de quem gosta de ler fluentemente, tais notas se encontram apenas lá no fim do grosso volume (711 páginas), na vizinhança de uma cronologia sumária da vida do autor. Sendo a organizadora uma conhecida antropóloga com notável temperamento de historiadora, é natural que seu texto de apresentação enfatize mais o lado da vida e da visão de mundo do autor, isso muito à frente dos aspectos literários – o que não é ruim, por motivos que vale a pena discutir.

João Henriques, o pai, foi tipógrafo, dedicou-se ao trabalho e subiu na vida: não apenas dominou com excelência o ofício como aprendeu teoria da impressão e, estudando o Francês com afinco, traduziu um clássico na área, o *Manual do aprendiz compositor*, de Jules Claye. Filho de escrava com um português que não o reconheceu, veio a ter cultura humanística relativamente sofisticada para sua condição social. Consta que queria estudar Medicina, mas não conseguiu. De todo modo, desempenhou trajetória ascensional constante até a Monarquia cair, arrastando junto o jornal em que trabalhava e o amparo político que lhe garantira o emprego de mestre de composição tipográfica na Imprensa Nacional. A família chega, então, ao patamar da quase miséria.

Antes disso, bem antes, outra tragédia havia marcado o grupo familiar: em dezembro de 87 morre, de tuberculose, Amália Augusta. Neta de escravos, criada como agregada em família de largas posses, havia estudado como professora alfabetizadora. Teve tempo de iniciar Afonso nas letras, mas não de seguir sua trajetória para além dos 6 anos de convivência. Deixou quatro filhos ao falecer. Não foi sem motivo que o pai levou o filho Afonso, já órfão de mãe, às festas públicas pela assinatura de Lei Áurea, casualmente ocorrida num aniversário do menino, a 13 de maio de 1888.

Afonso Henriques soube disso tudo desde cedo, mas intensificou o sentimento agudo das dificuldades da vida quando entrou para a escola. Por arranjo com político influente, o pai conseguiu matriculá-lo num colégio de elite (foi colega de sobrenomes como Guinle, Gudin e Calmon). Ali, interno, aprendeu muito de sua cultura letrada e sofreu a consciência das diferenças de classe e de oportunidades. Por esses anos, seu pai havia conseguido um emprego: funcionário administrativo na Colônia de Alienados da Ilha do Governador – quer dizer, no hospício, num tempo em que os distúrbios mentais tinham um estatuto talvez mais rebaixado do que hoje.

O menino Afonso ia se educando sem brilho, tendo sido reprovado alguma vez. Alcança o curso superior, matriculando-se na Escola Politécnica, para estudar Engenharia. O currículo praticamente nunca é cumprido por ele, reprovado em várias disciplinas básicas. Por esse tempo, lê muito, na Biblioteca Nacional, e escreve alguma coisa, com as notas de seu *Diário íntimo*. Aos 21 anos, 1902, estando nesse ritmo confuso de vida, recebe a notícia medonha: o pai, que já bebia muito, enlouqueceu. Seu futuro muda de tamanho: primogênito, dali por diante era com ele a responsabilidade pelo velho. Abandona os estudos regulares e entra para o pequeno funcionalismo, na Secretaria da Guerra. Aquilo foi seu limite social, contra o qual se bateram em vão seus desejos vastos e imprecisos.

Começa então uma trajetória que combina um impressionante empenho na escrita, misto de projetos grandes (escrever uma história da escravidão no Brasil) e rotinas singelas (crônicas para jornais), com uma vida em acelerada degradação. Não casa nunca (tudo indica que era misógino), cuida do pai e vê sua saúde física e mental deteriorar constantemente. Passa por algumas internações por problemas na saúde do corpo e em 1914 começa a série de internações por males do espírito – diagnóstico genérico, neurastenia; problema concreto: alcoolismo.

Em meio a isso, concebe e redige romances estranhos, desparelhos e eloquentes, como o clássico *Triste fim de Policarpo Quaresma* (em jornal, 1911; em livro, 1916), que tem muitos pontos de contato com a vida – protagonista e autor são solitários, estudiosos, não gostam da República e querem confusamente o bem do país e a redenção social dos de baixo, mas acabam mal, como reencarnações de Dom Quixote que tivessem sido flambadas nas danações de Dostoiévski.

Entusiasta, em certo momento, do maximalismo (socialismo, em uma versão de época), nunca engoliu o autoritarismo da República e manteve o que Lilia Schwartz chama de "simpatias monarquistas"; opositor notório da literatura beletrista e alienada e adepto da linguagem comunicativa, candidatou-se (sem sucesso) à Academia Brasileira de Letras; descendente notório de escravos, era contrário a costumes afro-brasileiros, como o batuque; internado em hospício, manteve a consciência e a atitude de escritor. Foi aposentado por saúde, mas continuou a beber, tendo sido encontrado algumas vezes perdido pela cidade, bêbado, desorientado, machucado. No dia 1º de novembro de 1922 morreu; o pai morreu dois dias depois.

Sua obra (em apenas 41 anos de vida) abrange 6 romances, mais de 150 contos, incontáveis crônicas e centenas de páginas de memórias e de comentários; sua vida tem motivos concretos e marcas experienciais de muito sofrimento, sendo ele mulato nascido ainda na vigência da escravidão. Muitos leitores somam uma coisa e outra – o esforço por ser escritor e as duras condições de vida – e concluem que sua literatura é ótima. Não raro, aparece gente chegando ao exagero de, para valorizar Lima Barreto, impugnar outro mulato famoso nas letras brasileiras, Machado de Assis, que foi um ausente, dizem alguns, quanto à vida real dos de baixo.

Caso exemplar de má equação literária. Que Lima Barreto merece ser mais lido, é fora de dúvida; mas que ele deva ser preferido a Machado de Assis, nada feito. Machado (1839-1908) poderia ser avô de Lima, ou um pai maduro (tinha 42 anos em 1881); mas foi escritor muito mais bem-sucedido, por vários motivos, a começar por um estritamente empírico: viveu muito mais que o triste inventor de Policarpo Quaresma e por isso pôde amadurecer sua escrita com o carro em movimento – foi depois dos 40 anos que o mundo viu *Memórias póstumas de Brás Cubas* e praticamente todos os grandes contos machadianos, ao passo que Lima Barreto não teve o vagar necessário para este amadurecimento.

A esse equívoco se acrescenta outro, agora de ordem crítica e historiográfica: nos manuais escolares, quis o péssimo destino que a obra de Lima Barreto fosse criminosamente confinada no nicho do "pré-modernismo", rótulo inventado por modernistas e seus acólitos para designar autores que teriam como virtude apenas o fato de terem sido um prenúncio da suposta verdade literária que viria com os vanguardistas de São Paulo. Nada mais terrível para a leitura, porque nessa prisão conceitual Lima Barreto faz papel de pateta, de mera tentativa, quando o fato estético e histórico é que sua obra tem porte e densidade para ser apreciada de modo mais livre, no quadro amplo do romance de feição realista e na família dos escritores que, vindo de baixo ou de fora do núcleo do poder social e cultural, bateram nas portas a socos, sem baixar o topete, querendo botar abaixo as frescuras bem comportadas. Como ele, mais ou menos na mesma época, Augusto dos Anjos, Dyonélio Machado e Graciliano Ramos, todos, não por acaso, dostoievskianos.

Localizar a família estética e histórica correta é o primeiro passo para entender melhor um escritor. Lima Barreto fica bem na companhia dos leitores de *Crime e castigo*, é fácil de ver. Um deles é o argentino Roberto Arlt, autor de *Os sete loucos*. É uma alma gêmea de nosso atormentado romancista, porque, como ele, não via o mundo senão como uma conspiração contra as boas intenções e a ingenuidade. De Arlt, Ricardo Piglia disse algo que calha bem ao nosso Lima: que sua obra afrontou abertamente a norma pequeno-burguesa, fugiu ao estilo elegante (no Brasil, o de Bilac e Coelho Neto), e por isso ela está viva.

Em estudo criativo, Homero Araújo alinha Lima Barreto com outros suicidas (literais ou metafóricos) do período, todos igualmente dedicados ao retrato de grupos humanos pobres e/ou oprimidos: Euclides da Cunha com *Os sertões*, Raul Pompeia com *O Ateneu*, Aluísio Azevedo com *O cortiço*. Nicolau Sevcenko estudou Lima Barreto também em linha com Euclides da Cunha, no já clássico *Literatura como missão*, em que mostra os dois como "paladinos malogrados", jovens cujas ilusões de redenção social com a República naufragaram em contato com a realidade. Em um estudo também inédito, Irenísia Oliveira aproximou Lima Barreto de ninguém menos do que Franz Kafka: contemporâneos (Kafka 1883-1924, Lima 1881-1922), suas enormes diferenças de formas e temas não encobrem uma similaridade impressionante, vistas as coisas de um ângulo geral – nos dois está a consciência da relativa inutilidade, quando não a danação, da tão desejada liberdade burguesa. Lima Barreto teve a sorte de ter sido objeto de uma biografia paradigmática: *A vida de Lima Barreto*, de Francisco de Assis Barbosa (edição mais recente: José Olympio/Academia Brasileira de Letras, 2002).

Trechos do diário do hospício
1920, 4 de janeiro
Não me incomodo muito com o Hospício, mas o que me aborrece é essa intromissão da polícia na minha vida. De mim para mim, tenho certeza que não sou louco; mas devido ao álcool, misturado com toda espécie de apreensões que as dificuldades da minha vida material há seis anos me assoberbam, de quando em quando dou sinais de loucura: deliro. [...]
Sem fazer monopólio, os loucos são da proveniência mais diversa, originando-se em geral das camadas mais pobres da nossa gente pobre. São de imigrantes italianos, portugueses e outros mais exóticos, são os negros, roceiros, que teimam em dormir pelos desvãos das janelas sobre uma esteira esmolambada e uma manta sórdida; são copeiros, cocheiros, moços de cavalariça, trabalhadores braçais.

Sem data
Não me preocupava com o meu corpo. Deixava crescer o cabelo, a barba, não me banhava a miúdo. Todo o dinheiro que apanhava bebia. [...] Dormi em capinzais, fiquei sem chapéu, roubaram-me mais de uma vez quantias vultosas. [...] Resvalava para a embriaguez inveterada, faltava à repartição semanas

e meses. Se não ia ao centro da cidade, bebia pelos arredores de minha casa, desbragadamente. Embriagava-me antes do almoço, depois do almoço, até o jantar, depois deste até a hora de dormir. Tenho orgulho de me ter esforçado muito para realizar o meu ideal; mas me aborrece não ter sabido concomitantemente arranjar dinheiro ou posições rendosas que me fizessem respeitar. Sonhei Spinoza, mas não tive força para realizar a vida dele; sonhei Dostoiévski, mas me faltou a sua névoa.

16-1-20
Suicidou-se no pavilhão um doente. O dia está lindo. Se eu voltar terceira vez aqui, farei o mesmo. Queria Deus que seja um dia bonito como o de hoje.

Um incômodo

ROBERTO ARLT

(BUENOS AIRES, ARGENTINA, 1900-1942)

Muitas literaturas conhecem a figura do escritor incômodo. São aquelas criaturas que não se rendem, não se enquadram, não transigem. Que não fazem o que todo mundo faz. Que não entram na festa, nem aceitam convite. Que fazem questão de continuar ali onde estão, exatamente. Que escrevem como os outros não escrevem, porque misturam a língua suja e suada da rua na língua limpa e de banho tomado da academia.

Pois a Argentina, ou melhor, aquele país dentro da Argentina chamado Buenos Aires tem o seu. Ele se chama Roberto Arlt, e viveu entre 1900 e 1942, apenas. Filho de pais imigrantes, ele alemão e ela italiana, cresceu como suburbano, estudou pouco e leu muito, sempre desordenadamente. Consta que fugiu de casa algumas vezes, até que aos 16 caiu fora mesmo. Já trabalhava, desde os 13. Aos 14 começou a ler a sério, casualmente numa biblioteca anarquista, onde conhece alguns autores fortes, por exemplo Gorki e Tolstói, mas principalmente Dostoiévski, o predileto. Além dele, só figuravam entre suas preferências folhetinistas de cepa, como Ponson du Terrail e Xavier de Montepin. (Sabe quem gostava do mesmo Dostoiévski e dos mesmos folhetinistas? Nelson Rodrigues, incômodo brasileiro. Outro? Lima Barreto, outro que girava fora dos gonzos habituais.)

  Sua vida seguiu caminhos estranhos. Escreve desde cedo – publicou o primeiro conto aos 15 anos. Quando chega aos 20, vai a Córdoba, por amor. Lá vive algum tempo, trabalha, serve ao exército, de certa forma enlouquece. Trabalha como jornalista, segue escrevendo ficção (publica uma novela ainda hoje extraviada, *Diário de um morfinômano*), casa e tem uma filha. Aos 24 regressa a Buenos Aires, cidade que ele conhecia de um jeito todo especial: aos 20 anos, publica um peculiar ensaio chamado *As ciências ocultas na cidade de Buenos Aires*, o que significa dizer que tinha frequentado, com alguma intimidade, esta praia. (O ensaio é *contra* as ciências ocultas.) Seu ponto de vista político é vagamente socialista. Mas lê Nietzsche e Schopenhauer.

Em Buenos Aires, trava contato com os dois principais grupos intelectuais de então, o de Florida, mais aristocrático (onde pontificava Jorge Luis Borges), e o de Boedo, um tanto mais engajado, mais político. Não se filia a nenhum concretamente. Trabalha com Ricardo Güiraldes. Em 1926 publica *El juguete rabioso* (*O brinquedo raivoso*). Trabalha em jornais, ocupando-se de jornalismo policial.

Em 1929 aparece sua primeira grande obra, *Los siete locos* (*Os sete loucos*). Ele próprio disse, sobre o livro: "Estes indivíduos, canalhas e tristes, vis e sonhadores simultaneamente, estão atados ou ligados entre si pelo desespero [...]. A guerra revolucionou a consciência dos homens, deixando-os vazios de ideais e esperanças. Homens e mulheres na novela rechaçam o presente e a civilização tal como eles estão organizados". Em 31, publica *Los lanzallamas* (*Os lança-chamas*), que segue a anterior, aprofundando o desenho do horror e do desespero do mundo.

Por essa época, um colega de redação assim o descreveu: "Golpeava as teclas da máquina de escrever como se ela fosse um *punching-ball*. Não tinha muitos amigos na redação, não tinha tempo para ter muitos amigos, nem para vestir-se com alinho; estava ocupado com sua obra. Ninguém podia ser seu amigo, porque não se pode ser amigo de uma catarata".

Escreve para teatro, escreve crônicas, escreve. Viaja à Espanha. A par disso tudo, deu vazão a um certo desejo de ser inventor (no último ano de vida, chegou a patentear um invento para vulcanizar meias femininas). Morreu de ataque cardíaco, em 26 de julho de 42.

Roberto Arlt era um incômodo. Dele, disse alguém que sua obra era Dostoiévski traduzido em *lunfardo*, em gíria portenha, em língua de gente da zona do porto, gente da noite, gente comum e marginal. Quando morreu, continuou a ser incômodo. Ricardo Piglia, escritor nosso contemporâneo e cultor da obra de Arlt, comenta uma estranha situação ocorrida quando de sua morte: Arlt era um homem grande, fisicamente grande; seu cadáver estava num apartamento a vários andares do chão; subiram o caixão pelo elevador, mas não conseguiram baixá-lo pelo mesmo caminho. O que fizeram? Precisaram baixá-lo por fora do prédio, cruzando a avenida até chegar à calçada. Incômodo, sempre.

Cada vez melhor

Jorge Luis Borges
(Buenos Aires, Argentina, 1899 – Genebra, Suíça, 1986)

A lenda portenha sobre Carlos Gardel diz que ele, morto em 1935, canta cada vez melhor. Trata-se de um evidente exagero bairrista e fanático, por tudo e mais um detalhe: o estilo afetado de interpretação reveste sua obra de uma pátina de velhice insofismável, mais ou menos como o caso de Vicente Celestino ou, vá lá, Francisco Alves no Brasil. De Jorge Luis Borges, no entanto, se pode limpamente afirmar que escreve cada vez melhor. A vinte anos de sua morte, sua obra comunica como a de um escritor que fosse, mais que contemporâneo, um verdadeiro clássico da cultura ocidental. E é.

Autor de obra vastíssima, ainda hoje não editada na íntegra (latino-americano, seu destino nesse caso é igual ao dos outros poucos gênios deste lado do mundo, como Machado de Assis: nenhum conta com edição totalmente confiável) – a cada tanto sai um novo volume com mais textos recobrados dos arquivos de obscuras revistas em que ele colaborou, ou com novas entrevistas que concedeu, sempre dignas de atenção. Borges é, dos escritores sul-americanos, o que mais nitidamente espalhou sua obra pelo mundo, contando com legiões de leitores em toda parte, por motivos que certamente interessa pensar.

Os mais apressados afirmam que tal escala mundial de leitura se deve a traços supostamente universais de sua obra, "universais" significando "não localistas", "desmarcados". Borges, para tais leitores e críticos, teria atingido o mundo por ser elegante, por não meter sua arte a falar da vida real, por não contaminar sua poesia e seu conto com os suores da realidade sul-americana. Borges seria, então, uma espécie de filho bem-sucedido, daqueles que a família pobre faz questão de apresentar para as visitas, como uma demonstração de superação, de urbanidade, de ausência de caipirice. Este seria o bom Borges, o escritor dos espelhos, dos labirintos, dos tigres e dos temas sutis. Quero crer que se trata, este Borges, de uma mistificação de leitura e de crítica. A ideia de um escritor-de-mostrar-para-as-visitas-europeias-por-não-fazer-vergonha é, sem tirar nem pôr, a mesmíssima ideia formalista que vê em Machado de Assis quase um inglês, um escritor que teria igualmente renegado falar das condições reais do país em que viveu, um lamentável e pobre país periférico que, ademais, carregava a vergonha da escravidão. Machado foi e é saudado assim por parte da crítica, especialmente aquela que o concebe como alguém que, por não falar de suor e falta de dentes, nem de esgoto a céu aberto ou miséria constrangedora, seria o nosso melhor, aquele de--mostrar-para-as-visitas. Este Machado é também uma mistificação, e só uma leitura muito parcial o faz assim.

Para falar dos labirintos e espelhos que parecem impessoalmente castos e limpos e "universais", Borges percorreu um caminho de intensa procura localista, que era formal e era ideológica. Desde seu retorno dos anos de formação vividos na Europa, entre 1914 e 1921, o jovem candidato a escritor procurou com obstinação um jeito para falar de sua cidade e seu país. (Vale um parêntese longo: sua cidade, Buenos Aires, é mais do que a capital da Argentina; é quase um país todo. Buenos Aires, em termos brasileiros, é o Rio de Janeiro, a velha capital colonial que virou sede da jovem nação e centro intelectual das elites locais, *mais* São Paulo, a sede da modernização vertiginosa ocorrida na primeira metade do século XX. Entre 1900 e 1940, a população portenha é igual à soma das populações de Rio e São Paulo. A Buenos

Aires literária da geração de Borges funciona como se o Modernismo brasileiro tivesse ocorrido no Rio, cidade velha e acostumada com ousadias e com cultura letrada, e não em São Paulo, cidade caipira com elite idem, que em 1920 se sentiu sacudida por uns destemperos jovens que no Rio – e em Buenos Aires – teriam passado despercebidos. Forçando um pouco a nota: mesmo que comparar histórias nacionais envolva sempre muito risco de simplificação, Buenos Aires é o Rio, mais São Paulo e, ainda, mais Brasília, a sede atual do poder, o local das embaixadas e do congresso. Faz muita diferença essa concentração da história, da pujança econômica e dos poderes da república em alguns poucos quilômetros quadrados.)

A busca de Borges pela cor local era instruída pelo conhecimento de vanguardas europeias, que ele viu ao vivo por lá, especialmente em Madri. Não lhe interessava o localismo nacionalista ou folclórico, mas sim o que fosse mais autenticamente ligado à cidade (e secundariamente à abstração chamada Argentina), especialmente a cidade que se transformava. Foi o choque de perceber, naquele retorno, que sua cidade estava mudando muito intensamente (o alargamento de avenidas, a invasão dos automóveis e ônibus, a expansão geográfica, a avalanche de imigrantes europeus, a alteração dos costumes) que fez Borges cumprir a pé longos recorridos, nas noites e madrugadas, em busca de um certo jeito de ser dos subúrbios e das fachadas, de um certo modo antigo de praticar o tango (não o de Gardel, que ele achava afetado, sentimentalista), até mesmo de um certo estilo de falar e pensar. É o período de seus primeiros livros, dedicados à poesia e aos ensaios.

Esta primeira fase, em que trabalha muito e dispersamente para várias revistas, vai até seus quarenta anos (como Machado, foi também na virada da quarta década de vida que ele conheceu uma mudança importante). Para dar uma ideia da dureza que foi esse processo: ele mesmo conta que sua *História da eternidade*, livro de ensaios publicado em 1936 (era seu *décimo* livro individual!), vendeu, ao longo de todo um ano, tão somente 37 exemplares. Sem alternativa, vai trabalhar como humilde funcionário público em uma biblioteca secundária. Sua visão, que já não era perfeita, declina mais ainda, e lhe ocorre um acidente que quase conduz à morte, depois transfigurado em um inigualável conto, "O sul". Para completar, em 1946 sobe ao poder Juan Domingo Perón, populista com tendências autoritárias, figura especialmente desagradável para Borges, que rebaixa o funcionário escritor a uma posição ridícula para sua já sabida importância, a Escola de Apicultura. Ele então se demite, e a roda da vida gira.

Por esta época, Borges está consolidando sua revolução literária: quase deixará de ser poeta e ensaísta para tornar-se contista, conferencista e, não menos importante, ensaísta oral (fenômeno assim designado por Daisi Vogel, jornalista catarinense, em tese ainda inédita, que estuda a prática oral do escritor, que depois de cego, em suas incontáveis entrevistas, teria exercitado o lado ensaístico de seu talento). É de 1944 o livro que marca essa virada, *Ficções*. Em 1949 aparece *O Aleph*; em 1951, é traduzido na França, no primeiro passo de sua trajetória internacional. Sem abandonar os temas locais, compondo aqui e ali até mesmo letras para milongas (como as que Vitor Ramil musicou), ele decola da leitura em seu país alcançando o planeta.

Labirintos, espelhos, tigres, motivos que aparecem em sua vida rigorosamente desde a infância, agora parecerão ser seu elemento mais representativo. Mas será preciso lembrar que em exata coincidência com a internacionalização de sua circulação ocorre uma intensa voga de conferências suas – e parte substantiva dessa nova ocupação será dedicada a um tema que não poderia ser mais localista, a literatura gauchesca, que Borges considera sem ufanismo ou nacionalismo, com discernimento crítico e apreço afetivo. O elegante escritor portenho foi um profundo conhecedor das virtudes e das limitações das coisas de sua terra, nisso sendo mais uma vez parecido com Machado de Assis, também ele um sujeito dedicado a entender os confusos meandros da cultura local, como preliminar para o salto de qualidade generalizante. Borges está entre os poucos escritores criativos e influentes da segunda metade do século XX, em todo o Ocidente. (No Brasil, quem teria o alcance dele? Talvez apenas Guimarães Rosa, em profundidade humana e em criatividade; ele no entanto escreveu em um dialeto singularíssimo de uma língua de pouca circulação culta internacional, e pior ainda, falando do mundo sertanejo, fatores que o tornam quase impenetrável para o leitor médio, mesmo de língua portuguesa.) A categoria "borgeano" passou a fazer parte do repertório crítico de nosso tempo, como reconhecimento de sua criativa prática artística. Mas sempre vale a pena lembrar que os elementos borgeanos nasceram com endereço certo, aqui em nossa vizinhança, na periferia do Ocidente, o espelho como um tormento pessoal do menino assustadiço (e um cego potencial, por hereditariedade), o labirinto como uma peculiaridade pública da cidade em neurótica forma de tabuleiro, e o tigre, quem sabe, como uma alegoria da coragem e do narcisismo gaúchos.

Duzentos anos

EDGAR ALLAN POE
(BOSTON, ESTADOS UNIDOS, 1809 –
BALTIMORE, ESTADOS UNIDOS, 1849)

Dá para dizer que há praticamente um Poe para o gosto de cada tipo de leitor moderno: tem o policial dos contos, o racionalista dos comentários, o filosófico amalucado de *Eureka*, o teórico da "Filosofia da composição", o psicanalítico de outros contos, até o sensacionalista das polêmicas, além do herói romântico de vida errática e intensa. A pouco mais de duzentos anos de seu nascimento, essas facetas estão cada vez mais nítidas, numa obra nunca totalmente traduzida para o Português, que soma milhares de páginas repletas de interesse, por qualquer desses lados. Não custa aumentar a lista com mais este: morreu com apenas 40 anos, e em circunstâncias ainda hoje não esclarecidas.

Morrer com 40 anos quer dizer o seguinte: se Machado de Assis houvesse morrido nessa idade, não teria escrito nada a partir das *Memórias póstumas de Brás Cubas* e do primeiro volume de seus contos excelentes, *Papéis avulsos*, e isso inclui nada menos todos os seus maiores romances e contos; se Jorge Luis Borges tivesse morrido aos 40, não teria publicado nem mesmo *Ficções* e *O Aleph*, quer dizer, nada do que produziu de maduro e fez sua fama mundial.

Edgar Allan Poe, estadunidense, viveu entre 1809 e 1849. Perdeu pai e mãe, ambos atores itinerantes, aos dois anos de idade; foi criado por um comerciante rico (de quem incorporou o sobrenome Allan), com quem teria tido relações conflituosas na juventude. Viveu a meninice na Inglaterra, entre 1815 e 1820, estudando na antiga metrópole de seu jovem país. Destacou-se nos estudos, mas não cursou senão um ano na universidade, de volta nos Estados Unidos. Foi soldado e chegou a entrar na academia de West Point; mas seu temperamento e seu comportamento (endividou-se com jogo, bebia muito) o impediram de seguir carreira militar. Viveu sua vida adulta com grandes dificuldades econômicas (seu pai adotivo não lhe legou nada), sempre trabalhando em jornais e revistas; e tinha desde cedo a convicção, várias vezes expressa, de ser um gênio.

Lembrar Machado e Borges como termos de comparação não tem nada de gratuito. O incomparável escritor brasileiro (1839-1908) cita Poe desde 1866; cita-o poucas vezes, mas o suficiente para expor sua proximidade com aspectos centrais da criação de Poe, além de sua tradução de "O corvo", poema-símbolo do escritor norte-americano. Borges (1899-1986), então, nem se fala: cita-o inúmeras vezes, escreve analiticamente sobre ele, identifica-o como um ponto de apoio para suas concepções de arte. Em certo momento, dirá que foi Poe quem *inventou* o leitor moderno, o leitor desconfiado a quem é preciso ao mesmo tempo convencer (atingindo a famosa *suspension of disbelief*, que Poe aprendeu com seu mestre-mor, o poeta e ensaísta inglês S. T. Coleridge) e manter tenso, manipulando as frágeis linhas da palavra escrita.

(A quem queira ir mais longe nessa aproximação, posso sugerir, cabotinamente, um ensaio que escrevi alinhando esses três gênios do Novo Mundo americano, no livro *Machado e Borges*, da editora Arquipélago. A comparação tenta mostrar que os três, cada qual em seu tempo e lugar, desenvolveu um raciocínio de conjunto sobre a literatura de seu país, ao mesmo tempo em que pensava sobre o lugar possível de um escritor da periferia americana relativamente ao mundo europeu, de que eram, e somos, herdeiros. Usando um termo caro ao crítico Antonio Candido, Poe, Machado e

Borges foram escritores *formativos*, quer dizer, empenhados em entender a formação da literatura e da consciência crítica em sua circunstância.)

Não foi Poe o único inventor desse novo leitor, claro; certamente teve o grande auxílio de outro gênio, agora francês, não por acaso seu leitor fiel, Charles Baudelaire, tradutor de Poe para a grande língua de cultura letrada do século XIX ainda nos anos 1850, e responsável, por isso, pela enorme divulgação de sua obra Ocidente afora. Foi Baudelaire que formulou o problema, com carinho e rispidez simultâneas, no sintético verso que resume a filosofia moderna do tema: "Leitor hipócrita, meu semelhante, meu irmão".

Poe não foi tão longe no juízo sobre o novo leitor, mas abriu o caminho. Sua já mencionada "Filosofia da composição" (1846) anuncia a tese-síntese da literatura que *quer capturar* o leitor – escrever tendo em vista um efeito previamente deliberado, o que exclui o espontaneísmo e a intuição –, aquele leitor que já não vive nos palácios e sim na rua, que não é o aristocrata vivendo da renda da terra e portanto ocioso mas sim o burguês correndo atrás da grana, com tempo curto. Pelo mesmo caminho, Poe defendeu o conto contra o romance, como um sinal dos tempos, não como decadência, sendo nisso um pragmático; mas não levava livre o mau gosto da burguesia de seu tempo, tendo-a mesmo atacado num texto de grande originalidade, a "Filosofia do mobiliário".

Tudo isso aparece pela primeira vez claramente em sua obra, mas ele segue os passos de certa família de ensaístas que já se preocupava com estes temas – o papel do leitor, a irrelevância da literatura que não fala diretamente ao leitor, assim como a importância do autoexame público por parte de quem escreve, o que inclui a revelação de bastidores da concepção. Quem antes dele? A linhagem recua pelo menos a Montaigne, citado em interessante passagem de sua *Marginália*, coletânea de palpites, reflexões rápidas, confissões, crítica social e filosofia, e certamente passa pelos ensaístas ingleses do século XVIII. Gente do tipo que simultaneamente sabe de sua condição crítica superior – "Para apreciar completamente uma obra de gênio é mister possuir toda a superioridade que serviu para produzi-la", anota Poe – e sabe das imensas dificuldades de levar a cabo uma obra exigente.

Talvez por isso, e dadas as condições objetivas de sua vida, Poe inventou outra modalidade de autodivulgação: a mistificação. Por intuição ou por cálculo, ele se promovia como se soubesse que o artista moderno é sua obra e é também ele mesmo, neste mundo-celebridade. Certa vez, mentiu (por escrito) sobre suas experiências, dizendo, numa autoapresentação para certa antologia de poesia, que muito jovem havia se dirigido à Grécia, para lutar pela independência daquele berço do Ocidente (como o poeta inglês Byron, modelo para tanta gente naquela altura), mas no caminho acabara desviando para a Rússia, onde teria vivido intensas experiências. Tudo mentira – mas dava charme.

Essa estratégia de ultrapassagem entre fato e ficção rendeu bem, em termos artísticos: em vários momentos de sua obra contística vamos encontrar alegações de realidade (um suposto manuscrito encontrado pelo narrador do conto, por exemplo), assim como na obra ensaística haverá momentos de pura ficção (como na carta reproduzida no ensaio *Eureka*, datada de 2848!). Como tantos depois, Poe borrou os limites entre gêneros, padrões literários, estatutos ontológicos.

Que ele seja mais famoso pelo lado gótico, enigmático e histriônico não estranha, porque isso de fato existe em sua obra; como Baudelaire, ele também foi revelado ao leitor brasileiro mais pelos aspectos gritantes e menos pela vigorosa dimensão crítica. Mas aí estão grandes leitores, como Freud e Lacan, a mostrar que aquele interesse artístico de Poe nos mecanismos do sonho e da fantasia prenunciava o caminho futuro da arte, caminho não por acaso balizado, não custa lembrar, pela lógica profunda do capitalismo, que seu país se preparava para liderar. Mas Poe não é profeta trivial; como outros românticos destemperados e tocados pelo senso da originalidade – me ocorrem dois exemplos desiguais mas não aleatórios, Glauber Rocha e Qorpo-Santo –, sua obra diz mais do que ele intentou, e por isso continua viva.

O dia ideal para o homem-narrador

Jerome David Salinger
(Nova York, Estados Unidos, 1919 –
Cornish, Estados Unidos, 2010)

Para Milena Friedrich Cabral, fã número zero do JDS

Essa de morrer é o seguinte: todo mundo morre um dia, meu. E se tu não sabia é melhor começar a saber, porque dessa ninguém escapa. Ok, eu sei que o leitor gostaria de um artigo fúnebre que começasse direitinho, dizendo onde nasceu, como viveu e por que morreu o sujeito de que se trata, mas quer saber?, eu não acho isso muito importante. Entre outros motivos, porque o cara que morreu agora já tinha morrido outra vez, embora continuasse respirando. Não dá pra entender? Paciência. O certo é que ele tinha simplesmente *parado* de publicar, isso em 1965, dá pra imaginar? O sujeito (Jerome David Salinger, se por acaso o leitor não sabia ainda) tinha acertado a mão em quatro livros, nenhum muito grosso, e mais uns contos esparsos, e aí babau: parou de publicar. Editores de toda parte chegavam nele com propostas, oferecendo grana assim, na maior, e ele nem aí: quieto, na dele, escrevendo ainda de monte, todos os dias, mas guardando tudo em algum canto da casa de eremita em que ele viveu por décadas. (Ele via muito filme antigo, tipo anos 40; ele dizia amar o cinema, e não os filmes em si.) A última entrevista que deu foi trinta anos atrás. Um terço da vida dele, o terço da maturidade e da velhice, ele simplesmente calou a boca; e mais da metade de seus 91 anos passou sem publicar uma linha.

Isso é que me deixa meio daqui: como é que pode um sujeito escrever um troço como *O apanhador no campo de centeio* (todo mundo sabe, o nome quase não faz sentido em Português, mas é o que o tradutor achou que cabia para *The Catcher in the Rye*), em 1951, arrebatar *todos* os leitores que tivessem um pingo de sangue adolescente correndo nas veias (ou transitando nas fininhas ligações neuronais, ou nas malhas incorpóreas do afeto, tanto faz) e depois, plec, estala os dedos e resolve não dizer mais nada.

Bem, ele tinha esse direito, não digo que não. Mas olha só: o cara conquista os leitores com a história comovente de um garotão de seus quinze anos, que não aceita a opressão e a indiferença da escola e resolve mergulhar na cidade como quem quer respirar debaixo d'água – não sei se essa imagem funciona, mas vou deixar assim – e que, no fim das contas, só queria mesmo era conversar com sua irmãzinha de novo, aquela guriazinha que ainda não tinha aprendido a maldade do mundo, essa que o leitor e eu já aprendemos e que nos fez ficar desse jeito, de vez em quando cínico, muitas vezes frio e calculista, quase sempre triste.

Se eu tivesse que escolher só um dos livros dele (só um entre nem tantos assim, já falei que são poucos, o leitor não precisa me lembrar disso, *eu não perdi o controle dessa conta*), sinceramente eu não sei se levaria comigo – lembrei agora mesmo daquela bobagem de escolher um livro, só um, para levar para uma ilha deserta, cara, que viagem, ainda mais agora, em que provavelmente o sujeito, se perguntado, diria que ia levar o celular dele, cheio de balaca e coisa e tal, internet e o escambau –, eu não sei, me permitam repetir, senhores, eu não sei se levaria *Nove estórias* (edição atual pela Editora do Autor) ou *Carpinteiros, levantem bem alto a cumeeira & Seymour, uma apresentação* (livro que tem edição recente, em pocket, pela L&PM). Se não deu pra entender, eu explico, porque eu tenho paciência, sim, com o leitor – e a tenho porque aprendi com os livros do Salinger mesmo: porque foi ele que concebeu uma das mais lindas dedicatórias deste mundo (e de qualquer outro), no pórtico do livro que tem este título composto por duas frases tão esquisitas quanto, bem, quanto essas duas aí de cima, a dos carpinteiros e a do Seymour. Quer saber como é a dedicatória? Ficou curioso? Eu digo, tá bem.

É assim: "Se ainda existe no mundo alguém que leia só por prazer – ou até mesmo por acidente –, peço a ele ou a ela, com indizível afeto e gratidão, que divida em quatro partes iguais a dedicatória deste livro com minha mulher e meus dois filhos".

Por mim, não pode haver melhor modo de abordar o assunto, isto é, o problema. Porque a gente (já estou eu me metendo na turma) precisa é só de uma coisa, aliás, uma pessoa: o leitor. Entende como é? *Entende* mesmo? Eu poderia perguntar: entende do mesmo modo como o jejuador do Kafka descobriu que *precisava* jejuar? Deixa pra lá.

Seymour é o irmão mais velho do principal narrador fictício da obra toda, Buddy, ambos da família Glass, que contava ainda com Boo-Boo, que depois virou dona de casa, os gêmeos Walt e Waker, mais Zooey e Franny, sete ao todo, filhos de Les e Bessie. Todos de alguma maneira artistas, todos criados na cabeça do Salinger para ganharem vida em toda a sua obra (exceto no *Apanhador*). Seymour, exatamente como seu inventor, esteve na Segunda Guerra, e nunca mais conseguiu olhar para o mundo com os mesmos olhos. (Se por acaso o leitor querido quiser conhecer mais de perto o velho rabugento que era o Salinger, em Português tem dois livros que se encontram pelo menos em sebos: a biografia *Em busca de Salinger*, de Ian Hamilton, e a mais-ou-menos-

-biografia, mas misturada com memórias pessoais da autora e algum veneno, *Abandonada no campo de centeio – Meu caso de amor com J.D. Salinger*, de Joyce Maynard, que foi companheira dele num período. Em Inglês tem muita coisa, especialmente outra biografia, de Paul Alexander, *Salinger, a biography*, e um livro de memórias de sua filha, Margaret A. Salinger, *Dream Catcher*.) (Agora, quer ver como são as coisas? O título do livro da Joyce Maynard em Inglês é *At Home in the World*, ou seja, *Em casa no mundo*. Não é pra gente ficar desolado ou mesmo enraivecido com o populismo do título da tradução?) (E agora, onde é que eu estou, dentro ou fora de um parêntese?) (Na dúvida, mando para o leitor, com amor e sordidez, um buquê de parênteses recém-desabrochados: (((()))).)

Não sei mais o que dizer, agora. Não chorei pela morte dele, pra falar a verdade nem mesmo me emocionei muito. Meu afeto não é pelo cara que bateu as botas, na boa. Por mim, ele pode ter sido um santo ou um canalha, um pai excelente ou um maníaco que nunca se livrou do piripaque emocional experimentado na Europa, durante a Guerra (ele era entrevistador de nazistas presos e estava entre os primeiros soldados americanos a entrar num campo de concentração libertado – com o detalhe nada desprezível de que ele era meio-judeu).

Não chorei por ele, mas preciso dizer que chorei quando Seymour Glass se matou, depois de haver ensinado uma menininha a enxergar os famosos peixes-banana, aquele dia, na praia. Aliás, uma vez cheguei a pensar em escrever um ensaio sobre o modo de funcionamento da narrativa de Salinger, para tipo desmanchar o mecanismo da coisa e ver suas tripas. Desisti: quero manter intacto, enquanto puder, o estranho gosto de ler sua ficção, que nos trata como crianças em sua intensidade emocional, como jovens em seu espanto pelo mundo, como adultos em sua irremissível desolação – e como parceiros em nosso comum apreço pela força sublime e arrebatadora da vida transformada em arte.

Entende?

Agora vá para a cama. Depressa. Depressa e devagar.

IMPRESSÃO:

GRÁFICA EDITORA Pallotti
IMAGEM DE QUALIDADE

Santa Maria - RS - Fone/Fax: (55) 3220.4500
www.pallotti.com.br